MEU TIPO DE GAROTA

FSC
www.fsc.org
MISTO
Papel produzido a partir de fontes responsáveis
FSC® C019498

A marca FSC é a garantia de que a madeira utilizada na fabricação do papel deste livro provém de florestas que foram gerenciadas de maneira ambientalmente correta, socialmente justa e economicamente viável, além de outras fontes de origem controlada.

BUDDHADEVA BOSE

Meu tipo de garota

Tradução
Isa Mara Lando

COMPANHIA DAS LETRAS

Publicado originalmente em Bengali em 1951;
primeira tradução para o inglês publicada em 2009

Grafia atualizada segundo o Acordo Ortográfico da Língua Portuguesa de 1990, que entrou em vigor no Brasil em 2009.

Título original
Moner Mato Meye (traduzido do inglês *My kind of girl*)

Capa
Mariana Newlands

Preparação
Maria Cecília Caropreso

Revisão
Huendel Viana
Márcia Moura

Dados Internacionais de Catalogação na Publicação (CIP)
(Câmara Brasileira do Livro, SP, Brasil)

Bose, Buddhadeva
Meu tipo de garota / Buddhadeva Bose ; tradução Isa Mara Lando. — São Paulo : Companhia das Letras, 2011.

Título original : Moner mato meyer.
ISBN 978-85-359-1791-8

1. Ficção indiana (Inglês) I. Título.

10-13661 CDD-813.6

Índice para catálogo sistemático:
1. Ficção : Literatura indiana em inglês 813.6

[2011]

EDITORA SCHWARCZ LTDA
Rua Bandeira Paulista, 702, cj. 32
04532-002 — São Paulo — SP
Telefone (11) 3707-3500
Fax (11) 3707-3501
www.companhiadasletras.com.br

Sumário

Noite de dezembro, frio cortante. Quatro passageiros sentados em silêncio na sala de espera da primeira classe da estação ferroviária de Tundla. Os quatro cobertos da cabeça aos pés, ocultos por seus casacões; mas mesmo na luz fraca daquela sala nua, sem paixões, construída e decorada estritamente de acordo com as especificações do Departamento Ferroviário, era óbvio que se tratava de indivíduos muito diferentes, vindos de diferentes nichos da sociedade.

O reclinado na espreguiçadeira tinha um corpo enorme, poderoso, quase indecente — como se fosse um gigantesco animal, o tipo do sujeito em quem as roupas e os sapatos já não servem mais aos dezesseis anos, para espanto dos pais. O rosto também era enorme, quase do tamanho de uma jaca, meio alongado, e na vasta área das faces as sementes da barba da manhã seguinte — talvez devido aos poros inchados de frio — já brotavam como pontinhos azuis.

O segundo era um homem bem-proporcionado, de aparência agradável, elegante, bem cuidado, imaculado em seu traje ocidental completo, com luvas, bengala e chapéu-coco. O rosto redondo, gordinho, tinha uma expressão grave, e a cor da pele exatamente daquele tom moreno que torna os homens bonitos ainda mais bonitos; o cabelo, embora abundante e negro, traía ocasionais relances prateados. Os lábios não eram nem muito cheios nem muito finos, mas bem desenhados, do tipo habituado a comandar com poucas palavras. Quem quer que pusesse os olhos nele veria que as regras nunca eram desobedecidas na sua vida disciplinada, previsível, e que ele nunca precisava levantar a voz.

Essa autoridade natural na maneira como ocupava a cadeira da sala de espera, pernas cruzadas com elegância, essa aparência nobre e majestosa, também era visível no terceiro homem. Este era mais corpulento, de aspecto antiquado, aristocrático: o cabelo repartido ao meio, as faces coradas, com um bigode insolente que lhe caía perfeitamente bem.

Mas o quarto: esse era a antítese de toda essa elegância. Magrinho, miúdo, sentava-se a um canto, com os pés em cima de uma cadeira — embora houvesse outra espreguiçadeira disponível —, mas não havia repouso algum na maneira como se reclinava. Agitava-se e remexia-se sem parar, parecendo incapaz de encontrar uma posição confortável, e até quando fechava os olhos lhe surgiam vincos na testa, como se estivesse pensando em algo importante, e como se a volatilidade do pensamento fosse um hábito seu. À primeira vista parecia muito jovem; talvez fosse o mais jovem dos quatro, mas quando a luz lhe batia na metade inferior do rosto, já não se poderia confundi-lo com um jovem.

Esses quatro viajantes já tinham se encontrado naquele dia: nos jardins do Taj Mahal, nos degraus de Sikandra, e mais uma vez ao deixarem Agra. Haviam conversado no mesmo compartimento do trem. As conversas tinham revelado que o grandão corpulento era um empreiteiro; fora a Delhi receber uma encomenda do governo, visitara Agra na volta e desejava parar também em Varanasi. O segundo era um velho burocrata de Delhi, que ocupava um posto militar muito elevado e de confiança, a caminho de Allahabad a fim de realizar um serviço vital para o governo; depois disso seguiria para Lucknow. O terceiro era um dos mais conhecidos médicos de Calcutá, o dr. Dhar; depois de proferir uma palestra sobre difteria em um congresso médico em Delhi, voltava agora para cuidar dos seus pacientes. E o quarto se encontrava nessa região da Índia simplesmente de férias; ainda não decidira se voltaria direto a Calcutá ou se faria uma parada em algum lugar do caminho. Sua profissão também não era clara; disse que escrevia livros, mas será que isso conta como profissão? De toda forma, era bem claro que estava envolvido com livros, pois quando a conversa terminou, o enorme volume que abriu parecia, na forma e na aparência — assim sentiram os outros três —, totalmente inadequado para uma leitura casual em um trem. Não se sabia sequer se um livro tão volumoso era possível de ser lido.

Uma má notícia chegara a Tundla. Um trem de carga tinha descarrilhado perto de Aligarh, e todos os trens estavam parados. Por quanto tempo? Bem, demoraria pelo menos quatro ou cinco horas até que os trilhos fossem desimpedidos. Em outras palavras, nenhuma esperança para esta noite? Assim parecia. O burocrata tinha um trabalho importante a fazer, havia pesquisado datas e horários de aviões — o primeiro voo saía às nove e meia da manhã, e seria possível tomar um trem de volta a Agra em pouco tempo. O médico tentava aceitar a situação de maneira filosófica, mas o empreiteiro não parava de suspirar e murmurar: "Tão frio!... E essa agora!" — apesar de seu físico e suas roupas oferecerem um isolamento admirável contra a queda da temperatura. Mas o cavalheiro livresco, o magrinho, sentia muito frio; esfregava as mãos, caminhava para lá e para cá, depois virou-se para informar os outros três, desnecessariamente, que não havia escolha senão passar a noite na sala de espera.

Os quatro homens tinham acabado de se instalar com suas bagagens, e ninguém falava; todos se concentravam em enfrentar a difícil situação. Cada minuto parecia demorar muito a passar, e ainda tinham pela frente uma longa noite de inverno.

O empreiteiro se remexeu na cadeira e perguntou: "Que horas são?". Usava relógio de pulso, mas dirigiu a pergunta aos outros, fosse por preguiça ou como pretexto para puxar conversa.

O burocrata respondeu: "Meia-noite e trinta e cinco".

Trinta e cinco! Já tinham matado pelo menos meia hora desde que desceram do trem! O empreiteiro encontrou outra pergunta.

"Será que existe algum esquema para se dormir por aqui?"

"No chão?", perguntou alguém, incrédulo.

O empreiteiro não tinha nada contra dormir no chão, mas aceitando que os outros talvez tivessem padrões de conforto mais elevados, continuou:

"Será que não há uma sala de descanso por aqui?"

"Não."

Em geral é difícil progredir em uma conversa depois de respostas tão monossilábicas, mas as pessoas gordas são sociáveis e gregárias; mais palavras surgiram das profundezas da espreguiçadeira.

"Pelo menos nós temos cadeiras para sentar. Pensem nos outros passageiros."

Ninguém disse nada, mas, como que em resposta, as portas de correr na sala de espera se abriram; de imediato o ar frio encheu a sala. Os quatro passageiros voltaram o olhar para a porta — até o homem dos livros, que parecia tão infeliz, deitado de lado, de olhos fechados.

E sob o escrutínio daqueles quatro pares de olhos, os que tinham feito a porta se abrir ali se detiveram. Era um casal. O rapaz segurava a porta entreaberta; não estava bem visível, mas havia indícios de um rosto, a pele avermelhada de frio, um pulôver marrom tricotado a mão e uma calça de tecido barato. A seu lado uma moça — quase se aninhando a ele, ainda mais obscurecida. Mal se podia vê-la: apenas um lampejo de cabelo negro, uma orgulhosa risca escarlate no meio da testa, indicando ser casada, o pescoço suave e jovem, a luz branca lhe batendo de lado no rosto. Os dois pararam ali por apenas alguns momentos, disseram alguma coisa baixinho, viraram-se e se foram — a sensação, porém, foi de uma lufada de ar quente entrando naquela sala de espera hibernal. Sem dúvida eram recém-casados, talvez de alguns meses, talvez um ano, mas estavam perdidos — ainda — em seu amor um pelo outro. Aquela leve pausa à porta; as palavras suaves trocadas, ou talvez não trocadas, depois a retirada; com tudo isso deixaram bem claro aos quatro homens de meia-idade que ainda eram habitantes do paraíso, que enquanto tivessem um ao outro não queriam mais nada, mais ninguém.

A porta se fechou outra vez e tudo que restou foi a pobre e miserável sala de espera, fria e sem coração, e quatro homens de meia-idade profundamente aborrecidos porque o trem não vinha, infelizes com o desconforto e o sono atrasado.

Mais uma vez o primeiro a falar foi o gordinho gregário.

"Por que eles não entraram?"

"Não pareciam passageiros de primeira classe", disse o médico.

"Não, não foi por causa disso", disse o amante dos livros lá do seu canto, de cenho franzido, falando pela primeira vez desde que tinha entrado na sala de espera. "Não foi por isso. Eles deram meia-volta quando nos viram."

Um leve sorriso apareceu no rosto liso do burocrata. "Percebo. Lua de mel. Apaixonados. Bem, pelo menos esta noite eles não serão felizes."

"De jeito nenhum!", respondeu o escritor, displicente. "Eles vão encontrar algum cantinho discreto, acolhedor, e vão ser felizes. Eles não querem nada mais, querem apenas privacidade."

"Essa fase da vida é tão especial!" O burocrata tinha um ar grave ao terminar a afirmação. Abrindo uma cigarreira, parecia ter o pensamento longe.

O empreiteiro suspirou: "Mas que frio!". Depois de um instante disse ao magrinho do canto: "Com privacidade ou não, será que eles não vão sentir frio? Nós podíamos ter convidado os dois a entrar".

"Eles não entrariam, nem que convidássemos."

O médico sorriu e disse: "Então, talvez, em honra dos recém-casados, nós poderíamos...".

"O quê? Deixar a sala de espera para eles?" O magricela dos livros levantou-se. Franzino mas rijo e firme, parecendo um operário, agitando-se como um pássaro de olhos tímidos porém inquietos, não olhou diretamente para os outros. Sem dizer mais nada, foi até a porta, depois voltou e sentou-se na cadeira mais próxima.

"Creio que estamos nos preocupando demais com os recém-casados", observou o burocrata de Delhi, oferecendo a cigarreira aos outros.

"Não, obrigado", disse o médico. Os outros três aceitaram, acenderam seus cigarros e por algum tempo ficaram envoltos em fumaça. Levaram um pequeno susto quando a porta se abriu de novo. Um porteiro uniformizado entrou para perguntar se os cavalheiros desejavam alguma coisa; o bar já ia fechar.

Com a aprovação de todos, o burocrata pediu café.

Silêncio outra vez. Enquanto tudo isso acontecia, havia sons do lado de fora, gente caminhando, chamando. Antes não se percebia, mas assim que o barulho diminuiu tudo ficou silencioso demais, estranhamente silencioso para uma estação ferroviária tão grande. Agora os outros passageiros já deviam ter se acomodado para dormir em algum lugar, onde eles pudessem — e o casalzinho também devia ter encontrado um lugar, com certeza; não voltariam à sala de espera.

A ferrovia continuava fechada; nenhum trem chegaria mais naquela noite, nenhuma sineta tocaria. Sem os carregadores, os vendedores de doces ou de cigarros, o movimento tinha cessado. O ar estava gelado. Sob a luz fraca da sala de espera, essas quatro pessoas que nem sequer se conheciam, tendo a sutil fumaça azul de seus cigarros como única companheira, sentiam como se o mundo lá fora tivesse desaparecido e eles tivessem encontrado abrigo em uma ilha nada acolhedora, sem conforto algum. Não pareciam mais desconhecidos um para o outro; na verdade, havia até a sensação de que os quatro deviam estar pensando a mesma coisa. Aquele casal, apenas um breve vislumbre na porta, antes de desaparecer deixara algo atrás de si, como se o pássaro da juventude tivesse soltado algumas penas ao passar voando: algum sinal, algum calor, algum prazer, mágoa ou tremor que se recusava a se dissipar, algo com que esses quatro indivíduos — embora não falassem disso, embora só pensassem nisso em silêncio — pudessem sobreviver a essa noite gélida e tenebrosa.

De súbito o médico disse: "Talvez tenha sido falta de educação nossa".

"Continua pensando neles?" O homem de Delhi riu, mas ficou óbvio, pela sua atitude, que ele também não tinha se esquecido deles.

"Eu estava pensando — pensando em outra coisa: quanto tempo será que isso vai durar para eles?"

Agora o homem de Delhi riu alto. "E isso é coisa que se pergunte? Pois todos nós já não sabemos a resposta?"

"Depois todos nós sabemos", disse o magricela dos livros, "mas no momento em que se vive isso ninguém sabe. Por exemplo, será que esses dois conseguem ao menos imaginar como é breve tudo isso? Será que imaginam que não vão continuar desse jeito por muito mais tempo? Essa é a parte mais espantosa dessa espantosa ilusão."

"Espantosa ilusão! Muito bem colocado!" O empreiteiro aprovou com a cabeça.

O café chegou.

"Nesse caso, será que tudo é uma ilusão?" Uma sombra de preocupação baixou sobre o enorme rosto do empreiteiro.

"Pelo menos este café não é ilusão. A fumaça é palpável. Açúcar para você?" O médico, sempre elegante, se ocupava em servir o café.

A aguda curiosidade do empreiteiro superou o langor; ele abandonou sua espreguiçadeira e, puxando uma cadeira para perto dos outros dois, pôs as mãos sobre a mesa gelada, inclinou-se para a frente e disse ao amante dos livros: "Então, será que tudo é ilusão? Nada permanece? Você que é escritor, por que não conta para nós?".

O magrinho pareceu envergonhado de receber assim o título de escritor, mas não demorou a responder.

"A memória permanece. Por fim apenas as lembranças permanecem, e nada mais."

"E qual é o valor da memória?"

"Nenhum!", anunciou alegremente o homem de

Delhi. "Ela corrói o trabalho, desperdiça o tempo, deixa a gente triste. Venham, vamos tomar nosso café."

Mas o empreiteiro insistiu: "E a lembrança da felicidade que passou — é feliz ou é triste?".

Um sorriso de zombaria surgiu nos lábios do homem de Delhi. "Não adianta pensar nisso, mas se você nos contasse uma história, o tempo seria bem empregado."

"Uma história?! Sobre o quê?"

"Ora, nós todos aqui somos velhos, somos homens, não há damas presentes — quer dizer, falar abertamente não será indecente, não é verdade?"

"Aonde você quer chegar?" O empreiteiro gordo parecia apreensivo.

"Ele está dizendo", explicou o doutor, "que nós também tivemos o nosso tempo, assim como esse casal está tendo agora..."

"Eu não tive", protestou o empreiteiro, e de imediato seu rosto sombreado pela barba noturna se ruborizou, mortificado.

"Você também", disse o escritor. "Não existe ninguém que nunca tenha gostado de alguém. O que aconteceu depois não importa; o que importa é o gostar. Talvez seja a memória também o que importa. Alguma lembrança..."

"Eu não tenho nenhuma!", protestou o empreiteiro em voz alta, abanando a mão. "Vou só ouvir as histórias de vocês."

"Muito bem, nós também vamos contar nossas histórias", disse o médico, solene, fitando o companheiro de viagem tão grandalhão e tão desconcertado. "Mas você também tem de contar. Não há esperança alguma de dormir, vamos passar a noite ouvindo histórias. Vamos começar."

"Está falando comigo?" Ao levar sua xícara de café aos lábios, o empreiteiro interrompeu o gesto. "Sou um homem de negócios, não entendo nada além de negócios e coisas assim..."

"Sim, você também tem sua história", disse o escritor com segurança.

O empreiteiro ficou algum tempo em silêncio, de cabeça baixa. Então disse: "Não tenho uma história para contar, mas conheço a história de outra pessoa — de um amigo...".

"Muito bem, vamos ouvir a história dele."

O empreiteiro tomou um gole de café e começou.

1. A triste história de Makhanlal

Vamos chamá-lo de Makhanlal. Como o nome sugere, ele era um sujeito comum, sem nada de especial, mas era tido em alta estima em sua casa. Sim, pois foi o primeiro da família a se formar na faculdade. Seu avô teve sete filhos, esses sete tiveram outros trinta e dois, e quem sabe quantos mais esses trinta e dois geraram — a coisa ainda não tinha acabado. Só que nem um único desses altos e taludos espécimes da masculinidade tinha conseguido passar pela barreira da escola superior; alguns haviam tentado e tropeçado. Por causa disso, a infelicidade de Hiranmayee — a mãe de Makhanlal — não tinha fim; ela tanto espicaçava seu rotundo marido, Raghab, a respeito disso em todas as oportunidades, que o homem não conseguia dizer nem uma palavra em retaliação. Os dois irmãos mais velhos de Hiranmayee tinham diploma de bacharel, e ela mesma chegara até a nona série no Ginásio Feminino Nilfamari. Assim, no dia em que nasceu seu primeiro filho — um filho homem —, Makhanlal, ela jurou fazer de tudo para que ele se formasse bacharel.

Cumprir sua promessa não fora fácil. A atmosfera em casa era imbuída da sonolência típica da classe dos proprietários rurais. Por diversas gerações não havia ocorrido a ninguém que algum dia poderia ser preciso trabalhar para ganhar a vida, de modo que ninguém se preocupava muito em beber da fonte do conhecimento. E embora suas posses tivessem diminuído, a mesma atitude prevalecia; os homens continuavam passando o dia na preguiça, tomando banho às duas da tarde, almoçando gostosamente em pratos rodeados por várias tigelinhas de iguarias, e então, felizes, serenos, abraçavam seus travesseiros, prontos para a sesta. A soneca da tarde era uma tradição da família, que não a abandonara, embora já tivessem se tornado pobres, quase indigentes. A falta de dinheiro doía, sem dúvida, mas a dor de ganhar a vida era ainda mais intensa.

Raghab e Hiranmayee passavam os dias dessa forma, e teriam continuado assim, se Hiranmayee não tivesse feito a promessa de que o filho conseguiria um diploma universitário. Ficar definhando na casa da família, no interior do país, não podia ser — simplesmente não daria certo. Assim, logo que Makhanlal passou nos exames da escola da aldeia, ela convenceu o marido a se mudarem para Calcutá. Como concordar era a opção mais fácil, Raghab aquiesceu; e nesse processo, aos poucos, foi obrigado a abandonar seus indolentes hábitos aristocráticos. Logo depois de chegarem a Calcutá, ele liquidou um capital para abrir uma lojinha em Bhabanipur.

Nem é preciso dizer que isso também foi por conselho e iniciativa de sua mulher. Hiranmayee tinha conseguido convencê-lo, por fim, de que eles não conseguiriam manter corpo e alma juntos por muito mais tempo se continuassem apenas relembrando seus bons tempos de proprietários rurais. Investindo seu cérebro e suas joias, que eram, naturalmente, o capital do marido, ela abriu um negócio para ele administrar.

A loja logo se tornou uma movimentada oficina de marcenaria. Raghab se interessava pelo trabalho com madeira, e até já fizera alguns móveis com as próprias mãos. Assim, embora tivesse começado com relutância, aos poucos esse trabalho se tornou sua paixão. A única coisa que não podia abandonar era a sesta da tarde; mas exceto por essas duas ou três horas, o resto do dia ele passava na marcenaria. Devido a essa diligência, a deusa da fortuna o olhou com bons olhos, e seus favores fizeram dele um homem ainda mais trabalhador. Dentro de dois ou três anos, um novo estabelecimento nasceu: a Casa de Móveis de Calcutá do Sul.

Desde o início, Raghab quis que Makhanlal se envolvesse na administração da oficina: que ali mergulhasse, que aprendesse bem o ofício, que se familiarizasse com o cheiro, a aspereza, as cores da madeira. Enquanto as encomendas aumentavam e o negócio crescia, ficou cada vez mais ansioso para que o filho começasse a ajudá-lo. Pois já não era suficiente o diploma do ensino médio? Para que ir mais longe? De que adiantaria um diploma universitário? A estrela dos negócios estava em ascendência; se não aproveitassem agora mesmo a boa fortuna, ela poderia lhes virar as costas! Mas era inútil apelar para a lógica. Mesmo que tudo estivesse perdido, Makhanlal tinha que tirar seu diploma!

No dia em que receberam a notícia de que Makhanlal havia passado no sagrado exame do bacharelado, vocês bem podem imaginar a alegria de Hiranmayee. Finalmente realizado o sonho que acalentava havia vinte e um anos! Tão feliz ficou, que sua felicidade deu à luz uma proposta impulsiva: "Quero que ele se case".

Estranho, não é? Será que alguém acredita, hoje em dia, que um diploma universitário é a única qualificação exigida para o casamento? Simples bacharel, Makhanlal não passava de um garoto. Como poderia se casar?

Mas não havia nada de estranho nisso do ponto de vista de Hiranmayee. Em primeiro lugar, era uma tradição da família: nenhum de seus tios, e também seu pai, havia passado dos dezoito anos sem se casar. Mesmo que alguém fosse moderno no aspecto educação, continuava tradicional em relação ao casamento. A família era próspera, e uma noiva só faria transbordar seu cálice de felicidade. E o garoto não era nenhum anãozinho de óculos — nada disso, vejam que belo rapagão!

Sim, era muito bonito — isso ninguém podia negar. Eu conheço — aliás, conhecia — Makhanlal muito bem; aos vinte e um anos era um gigante, um sujeito enorme, poderoso, que aparentava trinta e dois. Grandalhão, desajeitado, tinha os dentes proeminentes, o peito viril, coberto de pelos, sapatos enormes que causavam grande consternação quando alguém os via jogados por ali. Como passava facilmente por pai de três filhos, não parecia adequado que ainda fosse solteiro.

E outra coisa — já havia uma noiva à mão: Subhadra-babu* era o vizinho do lado, e Hiranmayee já tinha escolhido sua filha havia algum tempo. Seria o motivo a beleza da jovem ou a riqueza do pai?, perguntam vocês. Nada disso. Subhadra-babu era um professor universitário caído na pobreza, e a moça — fiquei sabendo dos detalhes pelo próprio Makhanlal — não era o que se poderia chamar de uma beldade. Mas quanta instrução! O pai era um acadêmico, e Malati — o nome da moça era Malati — não ficava atrás. Depois se formar com três estrelas nos exames finais, já estava na universidade, e, pelo que se dizia, sempre grudada nos livros, até durante as refeições. E que variedade de livros espalhados por toda aquela casa — meu Deus, quem já viu algo assim? Seria possível dizer, sem o menor exagero, que Hiranmayee nunca tinha visto tantos livros na casa de ninguém da sua família, isso sem dúvida. E era no lar ancestral de seu marido que se podiam encontrar menos livros; ali não havia o hábito da leitura. Seu Makhanlal seguia nesse molde; mesmo com o diploma universitário na mão, jamais virava a página de um livro. Era uma família realmente peculiar.

Talvez a ideia de escolher uma noiva com base em sua biblioteca pareça inusitada, mas vocês já devem ter percebido que era esse o ponto fraco de Hiranmayee. Para que o caráter da família pudesse mudar, era essencial haver uma noiva de família instruída — era esse o raciocínio de Hiranmayee. Ou seja, assim como ela tinha atraído a deusa da riqueza com a isca da madeira, queria agora usar a isca de uma nora instruída para atrair

* *Babu*: "Senhor", forma de tratamento cortês em híndi. (N. T.)

a deusa da instrução. Os dois jovens tinham origens familiares lindamente compatíveis — então por que não acabar logo com isso em julho, decidiu ela. Novembro ainda estava muito longe.

Ao servir uma elaborada refeição ao marido, abordou o assunto. Raghab se mostrou disposto, mas tinha uma linha de pensamento diferente: um belo dote, bem substancial, lhe permitiria expandir seus negócios. Hiranmayee descartou a ideia de imediato: "Se o destino quiser, o dinheiro virá sozinho — por que implorar?".

"Não, não, não é questão de implorar, é só que... Avinash-babu disse outro dia..."

"Quem é Avinash-babu?"

"O que tem a loja ao lado da minha."

"A loja de bebidas? Ugh! A filha de um vendedor de vinho?"

"Não é bem vendedor de vinho, a origem dele é outra. E parece interessado também. Quem sabe você poderia dar uma olhada na garota — seria uma solução sensata de todos os lados..."

"Basta. Sou eu que sempre pensei por você — não venha atrapalhar agora."

"Como queira. Mas será que o genro de um professor continuaria interessado em tocar a oficina?"

"É isso que está te preocupando? Meu Makhan não é assim. Prometo que logo mais ele vai assumir a responsabilidade pela nossa família." Hiranmayee voltou-se para o filho. "E então? Espero que você concorde."

Makhanlal, que comia ao lado do pai, fez uma pausa em seus gestos ao ouvir a pergunta. Não disse nada; apenas pareceu muito solene, abaixou a cabeça e começou a fazer desenhos no prato. A resposta era óbvia, bem visível; aqueles ombros largos, capazes de sustentar a família toda, não achariam difícil assumir a responsabilidade de uma jovem esbelta.

Vocês devem estar se perguntando se aqui existe uma história. Sim, existe. A Mãe Natureza nunca nos poupa das suas artimanhas — embora Makhanlal tenha essa constituição tão robusta, nem mesmo seu peito largo, todo coberto de pelos, pode impedir que lá dentro desabroche uma pequenina flor.

O fato é o seguinte: Makhanlal encontrava Malati quase todos os dias. "Encontrava" talvez seja a palavra errada; digamos que ele a via todos os dias. Do seu quarto se podia enxergar a varanda interna dos vizinhos, e mal se passava um dia sem que uma leve brisa, trajando um sari, fizesse divagar a mente de Makhanlal. É claro que, como verdadeiro cavalheiro — ou talvez por vergonha —, logo desviava os olhos, não sem antes roubar uma espiadela ou duas. Às vezes Malati trazia uma cadeira de junco para a varanda. Parecia supremamente alheia ao fato de que alguém ali perto a observava, ou poderia observá-la — ela se sentava e lia, dava risada, falava alto, cantarolava junto com seus irmãos e irmãs. Todo mundo sabia que não se deve olhar diretamente para uma dama, mas se a dama decide se apresentar diante de você o tempo todo, você não vai arrancar seus olhos fora, não é mesmo? Muitas vezes Makhanlal nem tinha consciência do que estava fitando, mas assim que Malati deixava a varanda e ia para o quarto, ele percebia por que seus olhos tinham passeado tanto. E será que eram apenas os olhos? Pois nesses momentos o coração lá dentro do seu largo peito não batia mais depressa também?

Essa era a história. Não é quase nada — mas mesmo assim será totalmente insignificante? Makhanlal, como vocês já perceberam, era um sujeito um tanto simplório; ao contrário dos rapazes espertos da cidade, ainda não adquirira muitos conhecimentos sobre certos assuntos que os outros já tinham aprendido em tenra idade, precoces que eram. Ele ficava feliz em poder ver Malati; na verdade, sentia-se como se realmente a conhecesse. Será que ele sabia que no universo de Malati aquele vizinho de físico atlético nem sequer existia? Será que ele pensava nisso? Talvez sim, talvez não, mas quando pensava nela, era sempre como uma pessoa íntima. Daí não ter ficado muito surpreso com a proposta da mãe — tampouco cheio de júbilo, aceitando-a como inevitável. Chegou a fazer mentalmente uma prévia da primeira noite na cama — como falaria com ela, como se comportaria com a ocupante da varanda vizinha quando ela passasse a ocupar sua vida. A primeira pergunta seria: Alguma vez você me viu da sua varanda? Que resposta ela daria?

Um ou dois dias depois, Hiranmayee entrou em ação. Depois do almoço, vestiu um sari novinho, de borda vermelha, reforçou a marca escarlate na testa, pôs na boca uma folha de betel e partiu para a casa do professor. Quando voltou, seu sorriso tinha se apagado; tampouco havia alguma outra expressão agradável naquela boca que antes mastigava com tanto prazer a cheirosa folha dc betel.

Raghab estava em casa cochilando, pois era a hora

da sesta; mas nesse dia seu antigo hábito foi rompido. Lá do seu quarto, Makhanlal ouvia apenas a voz da mãe falando sem parar, por vezes interrompida pelos comentários do pai em voz baixa — mas a cada vez que ela levantava a voz, ele ouvia.

"O quê? Dono de oficina! Filho de um dono de oficina! E o que eles têm, para ser tão pretensiosos? Professor? Sei! Afinal quanto ganha esse professor? Todas as nossas propriedades, todos os nossos barcos, todas as nossas festas — será que eles já viram algo assim? Não. E nem sequer quiseram me ouvir. 'Ainda não estamos pensando no casamento dela. Ela ainda é criança.' Ora, criança! Até parece! Até quando eles vão deixá-la levar essa vida de garotinha, zanzando por aí? Se ela gosta dele ou não? Ora, meu filho não fica atrás de ninguém. Pois ele não tem diploma universitário? Não é um bom rapaz? Por acaso lhe falta comida, roupas? Quero ver onde eles vão encontrar um rapaz melhor! E ela é tão morena, tem a pele tão escura, quero saber qual é o príncipe que vai levá-la embora no seu corcel dourado. Pois eles tiveram muita sorte que eu..."

E repetia a mesma história, vezes e vezes seguidas. Raghab devia ter adormecido e Makhanlal desistiu de escutar. Mas continuou ouvindo a voz da mãe, que falou, falou pela tarde adentro, por muito tempo ainda.

Hiranmayee passou vários dias ardendo e fumegando com o insulto. E o pior é que, por mais que desejasse ver o filho casado, desejava ainda mais ter Malati como noiva. "Eu falei para eles: 'Se vocês querem que Malati continue estudando, nós cuidamos disso; ter uma nora formada seria um orgulho para nós, e quanto a dote não pedimos nada', mas eles não quiseram nem pensar na ideia. Ah, meu Deus, que arrogância! Mas por quê? Posso saber por quê? Será porque eles comem sentados à mesa, aqueles almocinhos ridículos lá deles?"

"Por favor, mãe, fique quieta", protestou Makhanlal em voz baixa. "As casas ficam muito próximas, e se alguém escutar?"

"Pois que escutem!", e Hiranmayee deu alguns passos na direção da varanda do professor e levantou a voz mais alguns decibéis. "Acha que eu tenho medo deles? Acha que eu vou pedir e implorar? Hã! Pois se eu tenho o meu filho, um rapaz maravilhoso, um genro de primeira classe, por que vou me preocupar? Pode acreditar, Makhan, dia virá em que eles vão se arrebentar de inveja olhando para você. Eu garanto!"

A tempestade continuou assim por mais alguns dias, e então o assunto do casamento de Makhanlal foi sumindo aos poucos. Avinash-babu, o dono da loja de bebidas, casou a filha em julho, e muitas outras frontes virgens receberam a risca escarlate. Mas o assunto do casamento do sr. Makhanlal Ghosh, Bacharel em Artes, e sua especial capacidade de sustentar uma esposa nem sequer foi ventilado. Com certeza não faltavam moças solteiras em Bengala naquele ano, mas, apesar de todo o seu falatório, Hiranmayee não tomava a iniciativa. Por que não? Pois ela não poderia arranjar uma noiva maravilhosa para o filho e assim deixar a família do professor de queixo caído? Não teria sido essa sua resposta natural? Com certeza. E por que ela se comportou da maneira oposta — isso não sei dizer. Será que imaginava conseguir uma extraordinária vingança contra aquela família letrada? Não havia sinal de que isso viesse a acontecer um dia.

Passou-se um mês, dois meses; e nem sequer por educação, ou como gesto de boa vizinhança, a esposa do professor visitou Hiranmayee e sua família, embora esta já os tivesse visitado várias vezes. A varanda continuava tão indiferente como antes. Ainda havia gargalhadas, um sari avistado de relance, mas Makhanlal não mais olhava naquela direção.

Pensam que foi por desgosto? Não. Makhanlal possuía essa virtude singular de não compreender o desgosto ou a rejeição. A verdade é que não tinha tempo para isso. Acordava de manhã, fazia um desjejum frugal e partia para a loja; voltava para almoçar em casa, descansava um pouco e retornava à loja, chegando em casa tarde da noite. Havia tomado sobre seus largos ombros a maior parte das responsabilidades do pai. Praticamente todas, na verdade. Seu entusiasmo se igualava à sua diligência, e se faltava um cérebro naquela cabeçona, ele compensava isso com puro trabalho. Eu o via naquela época trabalhando como um cavalo de carga, indo de lá para cá pela cidade. Quando teria tempo de pensar na talentosa filha do erudito professor?

Não, Makhanlal não tinha tempo para isso. Apenas se sentia um tanto constrangido quando passava pela casa do professor, ao entrar e sair de casa. De repente, se sentia muito alto, muito gordo, talvez suas roupas estivessem sujas, seu andar e sua postura eram péssimos, lamentáveis. A sala de estar do professor ficava no térreo, junto à rua, e por mais que tentasse Makhanlal não conseguia resistir e roubava dali uma espiada uma vez ou outra. Se via alguma coisa? Não, nada, só um vago borrão indicando algo atrás das cortinas. Às vezes as cortinas se abriam casualmente, e ele então via... um mundo desconhecido. Na casa que Makhanlal conhecera desde o nascimento, tudo era descuidado; até mesmo "limpo" queria dizer "meio sujo". Mas ali havia uma sala bem decorada, que parecia oferecer um gracioso abraço de boas-vindas: quadros nas paredes, prateleiras de livros. Um mundo totalmente diferente. Risos, fragmentos de conversas, talvez, de relance, um sari. Em alguns dias, em momentos como esse, os pés de Makhanlal se recusavam a mover-se. O coração dentro de seu peito musculoso batia um pouquinho mais depressa. De repente, a marcenaria, a impressora manual, tudo lhe parecia seco como madeira, anêmico como papel. Mas sempre que se sentia assim, esticava o passo para pegar o bonde e se esquecia de tudo na agitação do trabalho.

Corria o segundo ano da Segunda Guerra Mundial. Havia um festival de dinheiro lá nas entranhas do Departamento de Materiais e Suprimentos, dava para sentir o cheiro de dinheiro no ar. Tal como muitos outros, Makhanlal dirigiu-se para lá — talvez um pouco apreensivo, mas o resultado superou todas as suas expectativas. Ajudava o fato de parecer mais velho; talvez seu físico poderoso inspirasse confiança, ou talvez ele tivesse mais perseverança. Seja qual for o motivo, logo conseguiu muitas encomendas por meio de contatos e da persuasão. E então, quando o Japão entrou na guerra, no inverno daquele ano, as coisas simplesmente... Mas vocês sabem o que aconteceu...

Foi uma época incrível. Não havia mais ninguém

em Calcutá, não cabia mais ninguém em Calcutá; Calcutá bombardeada, milhares de pessoas morrendo nas calçadas. O que antes custava uma rupia agora custava doze; não se encontrava arroz nem açúcar, nem sal, nem carvão; tudo que se conseguia era tecido cáqui, empregos e uma cornucópia de dinheiro barato. Hoje isso parece inacreditável, e na época também parecia espantoso a Makhanlal. Talvez fosse o destino — ou as bênçãos de sua mãe? —, mas tudo que ele tocava precipitava uma avalanche de dinheiro. Havia uma montanha de dinheiro à espera de quem fornecesse materiais para as Forças Armadas. Ele recebia maços de dinheiro, praticamente um carregamento, que não conseguia enfiar nos bolsos; as notas eram embrulhadas em jornal e depositadas no banco. A cada dia ele depositava mais dinheiro, preenchia vultosos cheques, e de algum jeito os dias, as semanas, os meses e os anos foram passando. Ele já havia perdido a noção do dia e da noite, quando certa manhã descobriu que havia se transformado em um milionário. De verdade.

Onde antes havia uma pequena oficina em um beco lateral, hoje se via uma grande fábrica, com vitrines na rua principal. Makhanlal proporcionava o pão de cada dia a uma centena de pessoas. Seus dois irmãos mais jovens deixaram a faculdade para trabalhar com ele, e dessa vez Hiranmayee não se opôs. Quanto a Raghab, estava aposentado — aposentado com salário integral! Seu espírito de proprietário rural se elevava e florescia no vasto rio das realizações do filho; todas as manhãs comprava enormes quantidades de alimentos para as refeições do dia, depois comentava sobre a vida alheia com sua esposa, sentado no degrau da cozinha. Almoçava sossegadamente, passava a tarde dormindo e à noite às vezes examinava as contas com Makhanlal. Já que o filho tinha assumido a responsabilidade de ganhar, ele tinha voltado à responsabilidade de gastar. Na verdade, tanto de gastar como de não gastar — ou seja, quanto gastar, como gastar e quanto economizar. Raghab estava mergulhado na solução dessas questões complexas, e como Hiranmayee aprovava sua participação no planejamento financeiro, Makhanlal não precisava fazer nada a respeito. Não tinha tempo nem inclinação; transbordando de estímulo pelo trabalho em si, na verdade se sentia aliviado de deixar tudo a cargo deles. A comida e as roupas agora eram abundantes — a comida ainda mais que as roupas —, e mesmo quando o preço dos alimentos disparava; afinal, quanto se pode comer? O fardo de ter muito dinheiro causava tanta preocupação quanto a ansiedade de não ter o suficiente. Mas as aparências permaneciam iguais, ainda timbradas pela desordem da pobreza: ninguém perceberia que os ganhos da família tinham não só dobrado ou quadruplicado, mas se multiplicado por dez.

Vocês pensam que era autodisciplina? Não exatamente, embora eles talvez não gostassem de se entregar a pequenos luxos, preservando sua riqueza para demonstrações de afluência em grande escala. Pois os títulos e aplicações financeiras continuavam dignos de fé! Raghab continuava adquirindo terras, sem falar em Hiranmayee, que comprava ouro e joias. Logo chegou o tempo de arranjar o casamento das filhas. Em breve iria a mais velha, conforme as normas tradicionais; e para a mais nova, a segunda promessa de Hiranmayee era mandá-la para a faculdade também. Ela seria mãe não só de um filho diplomado, mas também de uma filha diplomada. "Deixa eles verem, deixa eles perceberem que nós não somos de jogar fora quando se trata de estudos e educação."

O "eles", naturalmente, era uma referência aos vizinhos do lado e, em especial, à vaidosa esposa do professor. Aprendeu a lição? Se você tivesse concordado com o casamento, sua filha teria uma vida de rainha — meu filho hoje é milionário.

Hiranmayee chegava a ponto de mandar notícias da boa fortuna da família de maneira indireta, pelos criados que trabalhavam nas duas casas; não se esquecia nunca de informar as novidades. Decerto não se esqueceu do dia em que Raghab comprou uma casa pré-construída em Ballygunge. Suas mensagens chegavam aos destinatários, mas a família do professor nunca rompeu o silêncio. A maneira como ignoravam totalmente os vizinhos era proporcional à incapacidade de Hiranmayee de se esquecer deles. Estranho era seu espírito de competição; extraordinário, seu desejo de vingança.

Agora se dizia que na casa do professor não havia mais dinheiro para as refeições. Talvez seja isso que acontece quando os deuses sorriem para você; até mesmo o desejo de Hiranmayee de destruir a autossuficiência dos vizinhos quase se realizou. Muito satisfeita ao ouvir a notícia, relatou-a ao filho com detalhes.

E decerto existia ali uma história para ser contada e recontada. Parece que o professor não recebia seu salário havia seis meses; sua obscura faculdade nunca lhe pagara corretamente. Pagavam oitenta e lhe arrancavam um recibo de duzentos e cinquenta. Assim, apesar dos ares e das graças, a família do professor estava agora, a bem dizer, falida. Ele sobrevivia dando aulas particulares e escrevendo guias de viagem; mas agora havia escassez de papel, ninguém publicava mais guias de viagem, e como todos conseguiam empregos em todo canto, quem precisava de professor particular? Pelo jeito as coisas tinham chegado a um ponto que...

Depois de ouvir em silêncio até aqui, Makhanlal perguntou: "Como a senhora ficou sabendo de tudo isso?".

"Bem, Harimati lava a louça na casa deles também. Ontem ela disse que não vai mais trabalhar lá — afinal, essa pobre gente tem que trabalhar para viver, e se não forem pagos... E nem se fala mais em criados: pelo jeito eles não conseguem nem comer todos os dias. E a moça tem que fazer os exames este ano, é preciso pagar as taxas de inscrição..."

Aqui Makhanlal, o bom filho, talvez tenha dito em voz baixa algo como "Para que falar da vida alheia?", ou talvez protestado de forma ainda mais branda. Hiranmayee mudou de tom imediatamente: "Tem razão, claro, o que me interessa tudo isso? Só que eu fiquei pensando na menina — ela não conseguiu se casar e agora não pode prestar os exames —, então só estou dizendo que chega de tantas lições educativas. Se você concordar, posso dar a eles outro tipo de lição!".

Como Makhanlal, muito cabeça-dura, não conseguiu ler as entrelinhas dessa proposta sutil, a mãe foi mais explícita:

"Será que devo sondar a esposa do professor? Tenho

certeza que eles vão ficar felizes se atirarmos nem que seja um osso lá para eles!"

Iluminada por um sorriso vitorioso, olhou para o filho, mas o rosto normalmente sério de Makhanlal parecia ainda mais severo. Ele saiu da sala sem dizer uma palavra, murmurando apenas "Ridículo!", bem baixinho, ao sair. Não ficou bem claro a quem se dirigia o comentário.

Naquela noite Makhanlal voltou tarde para casa. Ao passar pela casa do professor, lembrou-se de súbito do que sua mãe havia dito. Parando um momento, levantou a cabeça para olhar a casa. Tudo escuro, exceto por uma luz em um quarto do primeiro andar, onde um ventilador zumbia, com sua enorme sombra negra passando pela parede a intervalos regulares. Era só isso que se podia ver — nada mais. Sua mãe devia estar redondamente enganada; pelo jeito eles passavam muito bem. Ou pelo menos era nisso que Makhanlal tentava acreditar. Mas quanto se pode deduzir olhando da rua para uma janela do primeiro andar?

Um pequeno espinho cravou-se no peito de Makhanlal. De vez em quando sentia uma picada. Será que os vizinhos estavam realmente passando tão mal? Não, não, era tudo imaginação de sua mãe! Ela adorava pensar que eles estavam em dificuldades, vivia perturbada por aquela inveja desnecessária, e assim, exagerava e inventava coisas. Mas e se ela tivesse razão? Talvez tivesse, não é mesmo? Porém o que ele tinha a ver com isso? O que ele podia fazer? O que havia para ele fazer? Nada, nada. Não havia nada que ele pudesse fazer, nem mesmo se na casa ao lado — admitindo que sua mãe tivesse razão — faltasse comida e roupas, ele não conseguiria fazer nada, apesar de sua generosidade, que superava todas as necessidades e expectativas. Os pensamentos de Makhanlal lhe doíam de maneira estranha e o deixavam aborrecido consigo mesmo — será que eu sou como a minha mãe, será que também não consigo esquecê-los?

Enquanto isso o turbilhão da guerra continuava, dia após dia, mês após mês. Parecia que a guerra não ia terminar durante seu tempo de vida. Mas para que a pressa? Quantas vezes as pessoas tinham a oportunidade de ganhar dinheiro, especialmente os bengalis! Enquanto isso, Raghab mergulhou de corpo e alma na casa de Ballygunge: era possível comprar materiais a preços controlados e o empreiteiro lhe garantiu que o trabalho ficaria pronto em quatro meses. O aspecto feioso de sua casa, a falta de móveis que causassem boa impressão — Hiranmayee queria vingança, três vezes vingança por tudo isso também. Assim, móveis inteiramente novos — camas, mesas, cadeiras, armários, tudo feito sob medida com as dimensões de cada aposento — estavam sendo fabricados em sua própria oficina. Makhanlal comprou madeira de teca a preços altíssimos e roubou para si alguns marceneiros da rua Park, prometendo dobrar o salário deles. Sim, Makhanlal uniu-se ao entusiasmo dos pais, à "conspiração" contra aquilo que eles tinham sido — não exatamente por opção. E qual era a sua escolha? O ponto positivo é que sua carga de trabalho aumentou. Venha, venha, ó trabalho! Tu és o salvador da alma desafortunada que nada mais possui na vida, que não amealhou riquezas na mente.

Makhanlal vivia agora num tal estado que só sentia alívio depois de atravessar toda a sequência de ações e pensamentos que constituíam o dia até entrar no profundo sono da meia-noite. Tudo que desejava do dia é que passasse. Alguns dias transcorriam sem banho ou uma refeição — e ele nem notava, nem se importava.

Mas Hiranmayee notava, e censurava o filho afetuosamente. Até quando sua saúde ia durar desse jeito? Como era possível que uma pessoa que precisava andar tanto para lá e para cá não tivesse carro? Pois Tarapada, vizinho da mesma rua, não havia dito algo sobre um carro?...

"Não consegui comprar, mãe."

"Ah! Como assim, não conseguiu, se você decidiu que queria o carro?"

"Não faz mal. Vivo muito bem sem carro."

"É um hábito terrível este que você tem — dá aos outros tudo que eles querem, mas é sovina consigo mesmo. Como é possível tomar esses ônibus lotados!"

"Todo mundo toma, mãe! Até as moças."

"Moças! Não me fale em moças. Não existem mais moças — todas viraram rapazes. Todas com a bolsa a tiracolo, que coisa mais feia! Ah, aliás, a filha do professor conseguiu fazer o bacharelado e arranjou emprego. Agora o pai vai viver às custas da filha."

Assim que o assunto surgiu, Makhanlal se esgueirou para fora da sala e foi se barbear na frente do espelho. Mas Hiranmayee foi atrás dele, dizendo quase para si mesma: "E agora, que tal a sensação? Agora está doendo, não é? 'Ah, se eu tivesse concordado com esse casamento, ah, se eu soubesse...' Então por que não dizer logo de uma vez?". Era inevitável: Hiranmayee encontrava o caminho de volta para o mesmo assunto vezes e vezes sem conta.

Alguns dias depois, Makhanlal voltava da cidade de Dum Dum de táxi, quando parou no sinal vermelho perto da residência do governador. Já era quase noite, hora de fechar os escritórios; os ônibus davam medo só de olhar. Três ou quatro garotas esperavam na calçada, saindo do escritório para casa. Como poderiam tomar um bonde? Será que conseguiriam? E por que se preocupar com tudo isso? Elas faziam isso todos os dias, estavam acostumadas. Mas Makhanlal deu mais uma olhada nelas. Desta vez achou — talvez antes também — que um dos rostos era conhecido. Sim, era ela — a filha do professor. O táxi tinha parado perto da calçada e Makhanlal podia vê-la claramente; nunca a vira tão de perto. Malati olhava para a rua com um ar desesperançado. Seu rosto tinha a graciosidade da fadiga: parecia que o cansaço lhe caía bem, a deixava bela. Makhanlal lançou um rápido olhar para ela, depois para o lugar vazio a seu lado no táxi. Duas ou três vezes ela olhou na direção dele, mas nenhuma vez seus olhares se encontraram. Será que deveria chamá-la? Mas como deveria se dirigir a ela? E será que... seria correto chamá-la? E se ela se ofendesse, e se ela dissesse... E se ela não dissesse nada... Mas... enquanto ele vacilava o sinal abriu e o táxi seguiu em frente; e o sentimento desesperançado de Malati e das outras garotas que esperavam o bonde ficou para trás.

Makhanlal estava indo para casa, mas de repente mudou de ideia; foi até Chitpur escolher um espelho para a penteadeira da nova casa da família.

Vários meses se passaram.

Raghab tinha quase terminado de construir a casa, a mobília já estava pronta; só faltava um dia auspicioso para fazer a mudança. Hiranmayee se atarefava examinando todas as posses da família, vendendo coisas inúteis, trocando velhos saris por utensílios de alumínio, distribuindo roupas usadas para os necessitados. Havia todos aqueles velhos baús do tempo do seu sogro, com a pintura descascando e alguns cadeados quebrados, mas eram muito resistentes. Certa manhã ela se perguntava o que fazer com eles, quando a filha mais nova, Lakshmi, veio correndo lhe dizer que a polícia estava cercando a casa dos vizinhos.

"O quê?"

"Sim, mãe, é a polícia — e muita gente. Venha ver!"

Lakshmi puxava a mãe pela mão, mas não era preciso. Afinal, era algo que todo mundo tinha que testemunhar, não só as crianças como também os adultos. E especialmente Hiranmayee.

Sua primeira parada foi na varanda diante da rua. Havia um grupo de pessoas em frente à casa do professor e os capacetes vermelhos dos policiais rebrilhavam ao sol. A porta estava escancarada — parecia ter sido arrombada por fora. Algumas pessoas entraram correndo, enquanto um homem atacou a marteladas a placa de latão com o nome do professor e a arrancou da parede, jogando-a na rua. Hiranmayee olhava fixo, hipnotizada. Quatro carregadores trouxeram lá de dentro o sofá amarelo do professor e o colocaram na calçada; vieram então as cadeiras, depois a mesa de centro... Os passantes paravam subitamente; nos balcões e janelas de todas as casas próximas, havia olhos ardentes de curiosidade, diversão, temor, e talvez um pouquinho de piedade.

O olhar de Hiranmayee passou para a varanda da sala do professor. Daqui também se podia ver a varanda, e lembrar de imagens da vida diária, ouvir risadas flutuando ao longe, fiapos de música, o cintilar das alegrias da vida — e todos eles completamente esquecidos da existência dos vizinhos.

A varanda agora estava vazia e silenciosa, portas e janelas fechadas. Parecia que não tinha ninguém lá dentro. A criada havia lhe revelado tudo: a família do professor devia vários meses de aluguel, e o dono da casa pedia que o tribunal apreendesse os pertences da família.

Tudo ia ser levado embora. E depois? Será que eles próprios também seriam arrastados para a rua — o professor, sua esposa, as duas crianças pequenas e a filha diplomada, que já trabalhava em um escritório? Será que o professor seria algemado à vista de todos e levado pela polícia? Oh, céus, seria mesmo assim? Pobre homem, que tristeza, que cena!

"Que cena!" Hiranmayee correu para contar a Makhanlal. "Eles algemaram o professor e o levaram embora."

"O quê!"

Makhanlal se preparava para ir ao escritório, com cálculos sobre aço, madeira, pregos e parafusos rodopiando na cabeça, quando Hiranmayee entrou correndo e lhe deu os detalhes do acontecido.

Aquele dia Makhanlal se atrasou para o trabalho. O que ele pensou ao ouvir a notícia, o que ele sentiu —

não faço ideia. Quanto ao que aconteceu depois, vou contar exatamente como ouvi dele próprio, preenchendo as falhas com minha imaginação. A essa altura, como ele descobriu ao sair à varanda, muitos outros bens dos vizinhos já se acumulavam na calçada: estantes cheias de livros, a mesa de jantar, um rádio, um gramofone, grandes quadros emoldurados. Makhanlal deu uma olhada e voltou a seu quarto. Hiranmayee entrou para retomar sua litania: "Ah, que tristeza para eles, mas de que adianta a gente se preocupar — isso não vai ajudá-los, não é? Foi o destino — e aliás, por que chamar de destino se a pessoa não controla seus gastos, não fica dentro dos seus limites?". Makhanlal, porém, não respondia a nada disso nem olhava a mãe nos olhos. "É muito estranho", continuou ela. "Não há nem sombra de alguém em casa. Será que eles fugiram? Também, eles já moram aqui no bairro há tanto tempo, devem ter vergonha de ser vistos..." Etcétera, etcétera. Quando nada disso conseguiu fazer o filho romper o silêncio, Hiranmayee perguntou, na esperança de uma resposta: "Você não vai sair hoje?".

Makhanlal disse "Hum", mas continuou sentado. Hiranmayee não teve escolha senão sair e voltar à varanda para continuar observando os acontecimentos. A essa altura a novidade já tinha ficado velha. A excitação da manhã havia desaparecido; os olhos curiosos haviam desaparecido dos balcões próximos; o lufa-lufa da manhã prosseguia. Todos tinham pressa de chegar ao trabalho, de preparar a refeição. Ficar parado, olhando de boca aberta a vida dos outros, não levaria ninguém até o escritório; e, aliás, até quando se pode ficar olhando de boca aberta? Além disso, a coisa toda ia demorar muito mais para terminar. Na calçada, ao sol, estavam os móveis impotentes do professor — a cama com os lençóis ainda no lugar, sua escrivaninha, xícaras e pires, o ventilador elétrico. E mais coisas vinham chegando — uma casa não sobrevive com apenas meia dúzia de objetos. Hiranmayee decidiu não se demorar mais e pediu a Lakshmi que assumisse o posto de observação, partindo para a cozinha a fim de supervisionar a refeição.

Quando, compadecidos, os vizinhos voltaram cada um para a sua vida, quando a curiosidade foi enterrada sob o chiado das frituras nas cozinhas, quando a agitação desses acontecimentos sensacionais tinha se reduzido quase ao nível de um fato comum da vida diária, foi aí que uma porta na casa se abriu e uma jovem apareceu — a mesma jovem cujo sari esvoaçante na varanda tinha tocado certa vez Makhanlal, o desligado. Ele não punha os olhos nela havia muito tempo, mas nesse dia, sentado em seu quarto, Makhanlal pareceu reconhecê-la — sim, decididamente era ela. Ele se inclinou sobre a grade da varanda um momento, afastou o cabelo da testa e de repente voltou para o quarto, fechando a porta novamente. O que ele fez então foi um pouquinho estranho, talvez vocês vão rir. Por que ele fez aquilo, isso nem ele mesmo soube, mas naquele momento, como ele me disse depois, "uma coisa baixou" nele, parecia que tudo estava acontecendo por si, sem a sua interferência.

Makhanlal não quis se demorar mais e calçou apressadamente as sandálias. Sua figura desajeitada apareceu na rua. A pilha de móveis na calçada quase chegava até sua casa, com o verniz brilhando ao sol das onze horas. Foi abrindo caminho no meio daquilo tudo e parou diante da casa vizinha. A porta, bem aberta, não era obstáculo e, encontrando a escada — sem hesitação nem dúvida —, subiu imediatamente. A sala de estar era como uma mulher recém-viúva, com apenas um quadro pendurado na parede, como uma lembrança vermelho-sangue de uma longa vida. No aposento ao lado, alguns carregadores negros de pó, pingando suor, arrastavam as posses da família; Makhanlal passou por eles a passos largos. Havia apenas mais um quarto, no canto, este com a porta fechada. Estaria ali a família? Bateu na porta — nada de resposta. Mais uma batidinha, um leve empurrão e a porta se abriu; a cena lá dentro, nunca mais seus olhos a esqueceram.

Era um quarto pequeno. Nada havia ali exceto as quatro paredes brancas, embora as marcas dos móveis no assoalho ainda não tivessem sumido. Amontoados no chão, os habitantes da casa: o professor, sua esposa e filha, e duas crianças deitadas, dormindo com as pernas enrodilhadas uma na outra. Depois de ter visto essas pessoas apenas a distância, vê-las de repente assim tão perto, naquelas condições inusitadas, foi um choque que fez Makhanlal se dar conta de como eles estavam distantes, de como eram remotos. O que ele fazia ali? O que poderia fazer?

Todos estavam em silêncio. O professor levantou a vista, mas baixou-a de imediato; a esposa permaneceu de olhos baixos. A única que se levantou, agilmente, foi Malati — é claro que Makhanlal não tinha esquecido o nome dela durante todos esses meses.

Aproximando-se depressa da porta, ela disse: "Você? O que você faz aqui?".

Seu tom era áspero, nada acolhedor, e mesmo assim, Makhanlal ouviu música. "Você? O que você faz aqui?" só podia significar que ela o havia reconhecido, que sabia quem ele era. A hesitação dele desapareceu, sua alma se imbuiu de ousadia. Falou sem esforço: "Eu tinha que vir. É preciso fazer alguma coisa".

Malati provavelmente ia dizer algo, fazer algum protesto nascido de um forte senso de amor-próprio, mas Makhanlal saiu de imediato. Os empregados do senhorio andavam por ali; conversou com eles e resolveu tudo em uma hora. O professor surgiu falando em voz fraca e até mesmo, tanto quanto conseguia naquelas circunstâncias, fazendo objeções à intervenção de Makhanlal. Por fim, quando tudo se acertou, quando aqueles mesmos carregadores suados devolveram todas as coisas aos seus respectivos lugares e passaram a arrumar tudo direitinho — a essa altura o professor já estava tão exausto que não conseguiu sequer pronunciar palavras convencionais de gratidão, pelo que Makhanlal se sentiu extremamente grato.

O resto do dia passou voando. Que agradável lhe parecia esse dia, seu trabalho, as pessoas, Calcutá — naquele dia ele amava o mundo inteiro. E a bondade do mundo também parecia ilimitada; o que quer que ele pedisse lhe era concedido mediante uma só palavra, parecia não haver obstáculo algum, qualquer coisa que ele desejasse se materializava diante dele instantaneamente. Seu trajeto de volta para casa depois do dia de trabalho também foi diferente. Todos os dias ele voltava porque tinha que voltar, porque a exaustão impunha seus limites — mas naquele dia parecia que havia alguém, ou alguma coisa, à sua espera. Era o que sugeriam a noite e a brisa.

Seus pés reduziram naturalmente o ritmo diante da casa do professor. Os aposentos estavam iluminados, a sombra das pás do ventilador girava como sempre na parede do primeiro andar. Decerto tudo andava bem e não houve mais problemas; mesmo assim, pensou, vamos verificar. Seria pura filantropia? Será que ele não tinha algum motivo oculto? Assim como essa pergunta ocorre a vocês agora, ocorreu a outra pessoa também. E é aqui que a história termina.

Assim que deu algumas batidas de leve, a porta se abriu, e foi Malati que viu diante de si. Ficaria mais feliz se tivesse sido outra pessoa, mas agora já era tarde para bater em retirada.

"Eu apenas vim..."

Uma informação totalmente desnecessária, e quando a pessoa a quem ele se dirigiu não disse uma palavra em resposta, até mesmo o simplório do Makhanlal percebeu a redundância.

"... vim... saber se está tudo em ordem..."

"Entre, por favor." Falou como um médico convidando o paciente a entrar. "Sim, está tudo em ordem."

Makhanlal entrou. Olhando em volta, tudo parecia estar muito bem: os quadros nas paredes, os livros nas prateleiras, o rádio no canto, tudo como ele via quando passava pela frente da casa. Outrora ele imaginara muita alegria neste aposento; mas agora, nesse ambiente decorado com tanta beleza, a felicidade que sentira durante o dia todo se esvaiu; parecia não ter fundamento nem sentido.

"Sente-se, por favor."

Makhanlal não tinha a menor vontade de sentar, mas parecia que algo o obrigava.

Malati sentou-se a certa distância e disse: "Eu sabia que você viria. Já estava esperando".

Makhanlal sentiu um tremor percorrer seu corpo robusto ao ouvir essas palavras.

"Tenho algo a lhe perguntar."

"Sim?"

"Por que você fez isso? Não fique calado, responda."

Makhanlal olhou nos olhos de sua inquiridora e percebeu que tinha errado.

"Por que eu fiz isso? Não sei, não faço ideia."

"Não faz ideia? Então deixe que eu lhe diga. A satisfação interior da filantropia não é coisa pequena. É uma sensação maravilhosa poder ajudar os pobres. A gratidão alheia é um néctar, não é mesmo?"

Cada palavra saía dos lábios bem-feitos dessa mulher moderna, instruída, com uma lúcida articulação. Ao ouvir tantas palavras obscuras de uma só vez, Makhanlal, o cabeça-dura, sentiu-se ainda mais tapado. Não conseguiu dizer nem uma palavra em resposta.

"E, além disso, você também tem seu motivo. Você decidiu que vai nos controlar, quer se vingar de nós."

Makhanlal não ouvia nada além de sons sem sentido em palavras como "motivo" e "vingar". Procurava palavras às apalpadelas, como quem procura o caminho no escuro, mas não encontrava nada para dizer, nada que pudesse dizer.

"Mas isso que você está pensando não vai acontecer nunca — não pode acontecer."

Makhanlal se levantou e disse: "Não pensei nada, quem sabe criei dificuldades para vocês, e essas dificuldades... por favor, esqueça".

"Só depois que o seu dinheiro for devolvido poderemos esquecer. Mas você vai recebê-lo de volta. Pode demorar, mas vamos devolver, sem dúvida nenhuma."

"Certo."

"E outra coisa. Não venha mais a esta casa — nunca mais, por motivo nenhum."

Makhanlal virou-se, já perto da porta, e disse baixinho: "Não, não vou voltar".

De volta à rua, Makhanlal passou em frente à sua casa. Ficou perambulando pelas ruas durante horas aquela noite, com seu andar desajeitado, seu corpanzil desproporcionado. A escuridão do blecaute era amiga, caridosa, e nada perguntava.

Durante todo esse tempo, a sala de espera ecoava com a voz grave de barítono do empreiteiro. Assim que ele parou de falar, a noite caiu mais pesada sobre a sala de espera, e com ela aumentou também o silêncio e a expectativa. Lá de longe, penetrando o véu da neblina, veio o som de uma manobra de trens na linha férrea, como um gemido abafado em sonhos, e ainda mais longe o céu foi rasgado pelos uivos angustiados de um cão. Quando esses sons morreram, o burocrata de Delhi tossiu de leve e perguntou: "É esse o fim da sua história?".

"E você precisa ouvir mais?" Um sorriso surgiu no canto dos lábios do escritor.

O burocrata, embora acostumado a ser bajulado por todos, não ficou desconcertado com esse sorriso irônico. Disse então, sério: "Talvez eu possa ser perdoado por fazer uma pergunta: o professor devolveu o dinheiro?".

O empreiteiro pegou um cigarro. Sua mão parecia as garras de uma ave, com os nós dos dedos muito grossos, cobertos de pelos. Seu rosto era tão grande que o cigarrinho pendente dos lábios parecia fora de lugar. Soltando fumaça como um amador, disse: "Isso é tudo que eu sei da história de Makhanlal, não sei o resto".

"E também não é preciso mais", observou o escritor veterano. "O que aconteceu depois, se ele voltou a encontrar a moça, como ela se sentiu após insultar seu benfeitor, se ela costumava fingir que estava lendo junto à janela da sala, na esperança de ver mais uma vez aquele homenzarrão tão feio — tudo isso é irrelevante. A garota dos nossos sonhos, a que mora no nosso coração, Makhanlal queria vê-la, por uma vez que fosse, como uma pessoa real — e é só isso que é real, só isso importa, mais nada. Com certeza ele deve ter se casado com uma jovem escolhida pela mãe, depois que se mudaram para a casa nova — e a esta altura já deve ter sua família, seus filhos, e deve estar ganhando muito dinheiro também —, mas nenhum desses acontecimentos subsequentes pode invalidar aquele anterior. Seja lá o que for que Makhanlal precisava conseguir dessa Malati, ele já conseguiu, e é algo que ele nunca vai perder. Vocês não acham?" E o escritor olhou para o empreiteiro ao concluir.

"Makhanlal não tem mais importância — agora é a vez dos outros." E o empreiteiro sorriu mostrando seus dentões.

"É a sua vez", diz o médico piscando para o burocrata.

O homem de Delhi parecia preparado. Não perdeu tempo recusando — decerto já tinha planejado sua história enquanto ouvia a anterior; provavelmente como resultado da disciplina do cargo. Da mesma forma como fazia seu trabalho pontualmente no escritório, assim também começou sua história, em voz baixa e suave, empregando palavras simples.

2. A história de Gagan Baran

Meu nome é Gagan Baran Chatterjee. Sou uma pequena celebridade em Delhi e Shimla, onde me conhecem como Gagan Baran Chatterjee. As iniciais GBC já foram rubricadas em importantes documentos governamentais pelo menos mil vezes. Fui para a Inglaterra aos vinte e um anos e ao voltar, aos vinte e quatro, arranjei um emprego em Delhi. Desde então sempre vivi lá. Já moro lá há tantos anos que não consigo nem imaginar viver em outro lugar, ou mesmo já ter vivido em outro lugar. Depois de me aposentar? Já fiz meus preparativos. Tenho uma casa no bairro de Civil Lines, em Delhi; da varanda se vê o rio Yamuna. O clima úmido de Bengala não é bom para a saúde da minha mulher — o pai dela era reitor da faculdade em Agra. Nossos filhos falam bengali salpicado de palavras em híndi, e falam mais ainda em inglês. Até mesmo esta conversa com vocês em bengali — isso também é novidade para mim. Eu quase nunca tenho esses arroubos de amor por Bengala, nem sinto atração alguma. Quando vou a Calcutá, muito raramente, é a trabalho, e não fico lá nem um dia a mais do que é necessário.

E, contudo, foi em Bengala que eu nasci, ali me criei, ali se passou o primeiro capítulo da minha vida. Naquela época, naquela distante infância, será que eu poderia me imaginar da maneira como sou agora? Tampouco consigo imaginar aquele garoto, aquele jovem tímido, como a primeira versão de mim mesmo. Parece que todas essas lembranças se apagaram por completo. Pensei que tinha esquecido de tudo isso, mas, de repente, depois da nossa conversa, tudo me voltou com muita clareza.

O que me vem à mente é um rapaz de uma família bengali comum, de dezessete anos, estudando em um colégio de uma cidade pequena. Ao ganhar uma bolsa de estudos pelos resultados do meu exame de inscrição, tornei-me o centro das intensas expectativas de todos; eu passava a maior parte do tempo tentando corresponder a essas expectativas. Vocês podem achar difícil de acreditar, mas eu realmente era inocente naquela época, o típico "bom rapaz", sempre obediente, aluno aplicado, extremamente educado com todos, a ponto de eu nem sequer olhar as pessoas nos olhos.

Mas e daí? Dentro de mim, o espírito dos dezessete anos trabalhava em silêncio. Vocês falaram de amor; eu também sonhava com o amor. Aprender as fórmulas da química havia me exigido muito esforço; mas as fórmulas básicas da vida tinham que ser aprendidas por si mesmas. Os conselhos mandavam tentar pôr mais cores na vida, mesmo que temporariamente, e eu não era exceção. Incontável foi o número de romances que eu devorei em meio aos livros escolares, todos os títulos disponíveis em nossa cidadezinha. Sim, eu lia tudo isso, e até mesmo — como escritor você vai rir —, e até mesmo poesia. Fosse poesia ou prosa, onde quer que houvesse um romance de amor, ali meu coração obtinha seu sustento — e, que estranho, nem todos os livros do mundo conseguiam aliviar meus anseios. Quanto mais eu lia a respeito, mais o desejava.

Hoje sinto que, por mais que eu ouvisse falar de tudo isso por meio da palavra escrita, não sabia de nada, não tinha ouvido nada; e, mesmo que tivesse ouvido, eu não escutava. No entanto, quando ouvi, aos dezessete anos, vindo de Pakhi, uma melodia fluiu das flautas até preencher todo o céu.

Sim, lá longe, naqueles longínquos dezessete anos, Pakhi me amava. Ao falar nela agora, lembro-me perfeitamente da sua figura, ela cria vida diante dos meus olhos. Olhos negros. Foi naqueles olhos que o amor nasceu, naqueles olhos que o amor vivia a sua vida; naquela época extremamente conservadora, não havia outra linguagem a nosso dispor. Eu devia estar presente em várias ocasiões enquanto outras pessoas conversavam, e ela também, mas não me lembro de termos dito nem uma palavra um para o outro naquela época. Ou talvez aquela conversa dos olhos fosse realmente uma forma de conversa que saciava qualquer fome que nós sentíssemos então. O certo é que não tínhamos esperança alguma de mais nada, tampouco oportunidade para mais nada.

Mas essa mesma Pakhi finalmente falou um dia

— ou melhor, uma noite, uma noite de inverno como esta.

Era por volta das três da manhã. Imagine uma cidadezinha pequena, com uma estrada atravessando um enorme campo, a neblina cobrindo tudo, e o pálido brilho da lua. A peça representada no Clube Ferroviário acabava de terminar — era um grande evento anual — e todos os lares da cidade estavam representados na plateia. As mulheres eram as mais animadas; a maioria dos homens viera apenas como acompanhante. Também eu naquela noite fui incumbido desse nobre e elevado cargo, apesar da minha pouca idade, apenas por ser do sexo masculino. Enquanto os mais velhos relutavam, ali estava eu, sem emprego e sem nenhum exame assomando à minha frente — ou seja, inteiramente disponível; por isso as mulheres me pegaram. Eu não tinha muita vontade de acompanhá-las, mas naquela época era mais simples fazer alguma coisa, mesmo sem vontade, do que recusar.

Naquela época as mulheres ainda se sentavam atrás de um biombo, mas nunca houve nada que encobrisse suas vozes. Mesmo sem vê-las, eu as ouvia, escutava suas risadinhas, suas conversas, suas disputas pelos melhores lugares, suas observações sobre a peça, suas admoestações aos filhos; uma mistura de exclamações peculiares. Havia muita gritaria no palco também. Enquanto eu cabeceava de sono, senti que assistia a duas peças diferentes — não, três, pois como eu estava perto do palco, ouvia também a voz do ponto —, sem falar no fato de que Draupadi e Bhimsen podiam ser vistos fumando nas coxias de vez em quando. A barulheira em três partes continuava vigorosa, sem dar sinais de amainar. Eu cochilava de vez em quando, mas a peça nada de acabar.

Quando por fim terminou e todos declararam que era um grande sucesso, só ficamos tristes porque estávamos em dezembro e não era possível continuar até o amanhecer. Era hora de voltar para casa. Não havia transporte de espécie alguma; as pessoas começaram a ir embora caminhando em grupos. No início todos seguiram pela mesma estrada. Como todos se conheciam, o vozerio das mulheres continuava sem cessar, como se a peça não tivesse terminado e continuasse seguindo atrás. De repente o carro do juiz passou rugindo, e então — ou assim me pareceu — se fez silêncio por todos os lados. Um frio cortante, campos após campos se estendendo em todas as direções, sob o brilho mortiço da lua. Não se podia distinguir a árvore da sua sombra, e até mesmo as pessoas que caminhavam com esforço pareciam ser suas próprias sombras. Dali a um momento não havia mais ninguém nas proximidades; eu caminhava sozinho. Percebi que tinha deixado minhas companheiras para trás; devo ter andado depressa por causa do frio, sentindo o prazer da caminhada. Poucos minutos antes eu ia quase adormecendo, mas agora não sentia sono algum — naquela enorme campina, naquela noite enevoada, eu sentia cada molécula do meu corpo me dizendo que eu estava acordado, vivo.

Mas será que eu tinha me adiantado demais? Estaria negligenciando meus deveres? Claro que ter a companhia de um rapazinho que acabava de adquirir uma voz de barítono e um bigode não iria ajudar muito; pelo contrário, seria inconveniente. Mas e se elas precisassem de mim?

Fiz uma pausa a fim de tomar fôlego e me virei para olhar. O grupo das mulheres ficara lá para trás, mal visível na neblina. Mas parecia que alguém vinha andando rápido na minha direção. Quem era? Uma garota. Com certeza trazendo uma reprimenda de minha mãe ou uma ordem de minha cunhada.

Quando chegou mais perto, vi que era Pakhi.

Perguntei: "O que foi? O que aconteceu?".

"Por que haveria de acontecer alguma coisa?"

"Bem, e então?"

"Como assim?"

"Por que você veio até aqui?"

"Elas andam muito devagar!"

Lembro que fiquei surpreso. Que audácia! "Você avisou a elas?"

"Avisei."

"E o que elas disseram?"

"O que você acha?" Pakhi sacudiu a cabeça, impaciente. Olhei para ela com novos olhos, à pálida luz da lua.

"E isso quer dizer..."

Pakhi me interrompeu: "Escute, nós vamos ficar aqui parados?".

Era a primeira vez que eu conversava com ela. De repente me senti preenchido, como se alguma coisa pesada e profunda tivesse se acomodado e feito sua morada dentro de mim.

Saímos pela estrada, agora lado a lado. Mas sem mais palavras até o fim do caminho. Eu andava depressa, e nenhuma vez Pakhi disse: "Vá mais devagar"; ela acompanhava o meu passo. Tinha catorze anos então, bem crescida pelos padrões da época, bastante plácida também, segundo esses padrões. Mas não transmitia impressão alguma de delicadeza; parecia que suas pernas podiam levá-la dessa maneira durante séculos, caminhando ao meu lado, passando além das casas, além da cidade, quem sabe além do nosso mundinho familiar para algum lugar desconhecido.

Quantos pensamentos nos enchem a mente na nossa ingênua juventude! E por que não? A essa altura tínhamos deixado a estrada pavimentada tomando uma vereda que serpenteava pelos campos, os dois um pouco ofegantes, espinhos picando nossos pés a cada passo — davam a sensação de carícias maliciosas — e o cheiro da relva, do orvalho, da terra ao redor. Caminhamos assim por algum tempo como num sonho, até que os campos terminaram e a cidade se transformou em alguns bairros esparsos; ao lado das casas mergulhadas no sono, de repente apareceu um lago que tinha roubado a lua.

Mais uma curva na estrada, e avistamos a casa térrea onde morava Pakhi. Nossas casas eram vizinhas, nossas famílias eram amigas íntimas — todos eram amigos naquela época, todos eram felizes. Essa é a pior coisa da idade que temos agora — parece que toda a felicidade reside no passado.

Olhando para trás, não vi nem sinal das nossas guardiãs. Ficamos parados ali em silêncio, como no momento mais frio de uma madrugada de inverno, com uma brisa de primavera soprando, respirando pesadamente, nossos corpos aquecidos pela longa caminhada.

Pouco depois falei: "É melhor você ir para casa".

"Daqui a pouco."

Gostei dessa ideia. Mas embora durante todo esse tempo eu não tivesse me preocupado com nada, aqui neste bairro bem conhecido, diante da sua casa bem conhecida, lembrei-me das nossas guardiãs. Quem sabe eu tinha errado, quem sabe eu merecia ser admoestado; eu deveria esperar aqui com Pakhi e aceitar humildemente as reprimendas que viriam.

Pakhi então disse: "Se as nossas casas fossem mais longe... Hmmm?".

Falei: "Mas em algum momento a estrada tinha que terminar...".

Pakhi me olhou brevemente, com os olhos brilhando à luz da lua. Desviou a vista e perguntou: "No que você estava pensando todo esse tempo?".

"Não sei."

"Eu estava pensando... estava pensando que este passeio é lindo, mas a estrada vai terminar, porque nós estamos caminhando nela."

Na época achei isso engraçado; agora me parece que aquela menina de catorze anos tinha dito, sem saber, palavras sábias. Nossa existência é assim: viver corrói nossa vida, todas as estradas que amamos acabam terminando porque nós seguimos por elas.

"Eu estava pensando em outras coisas também", disse Pakhi. "Mas não vou dizer, você vai rir."

"Pode me dizer." Eu lhe dei permissão, por assim dizer, buscando dentro de mim toda a maturidade do aluno universitário.

"Não, não posso."

"Por quê?"

"Esqueci."

"Já esqueceu?"

"É isso que acontece comigo. Há tantas coisas que eu quero te dizer, mas quando chega a hora, tudo desaparece."

"Tudo desaparece?"

"Sim. Eu te amo, é por isso que acontece isso. Eu esqueço tudo."

Eu estremeci com essas palavras. Desviei a vista para não ter que olhar para ela. As outras mulheres surgiram na curva da estrada. Fiquei aliviado. Quem sabe lá o que mais Pakhi poderia dizer?

Se fomos repreendidos por caminhar mais à frente? Não me lembro. As mulheres disseram alguma coisa, mas não escutei uma palavra. Meus ouvidos não tinham lugar para mais nada além das palavras de Pakhi ao se despedir de mim.

Aquela noite não consegui dormir.

Gagan Baran fez uma pausa. Os outros três estavam imóveis. Não havia como dizer se tinham ouvido ou não: o empreiteiro levantara a gola do casacão para proteger as orelhas, o médico, embrulhado em seu cobertor da cintura para baixo, tinha os olhos pesados de sono. O escritor, reclinado na cadeira, olhava para o teto, um cigarro ardendo nos dedos; que estava acordado, isso ficou claro quando levou a mão aos lábios. Mas o burocrata de Delhi não olhou para seus ouvintes; examinava a parede diante de si atentamente, como se o resto da sua história estivesse escrito ali. As palavras invisíveis do passado — que não conseguimos esquecer mesmo quando pensamos que já esquecemos — surgiam nadando diante de seus olhos. Retomou a história, com sua fala cadenciada, lenta e suave.

Lembro-me de outra ocasião. Desta vez também foi à noite, não de dia. Também foi numa noite de lua, mas, em vez do luar embaçado pelo nevoeiro de inverno, era uma noite de lua cheia de um louco verão. Na época eu morava em Calcutá, estava no segundo ano do mestrado em ciências. Meu irmão mais velho tinha se mudado para Calcutá no ano anterior; deixei meu albergue de estudantes para morar com ele em sua casa, em Shyambazar. E foi ali que Pakhi tinha ido passar uma noite, a caminho de Kurseong, onde iria encontrar seu marido.

Seu casamento havia sido suntuoso. Dedicar-me à matemática tinha me tornado muito menos romântico, e eu já me impressionava menos que antes com os romances que lia, mas sentia que não seria adequado não sofrer pelo menos uma pequenina dor no coração ao saber que Pakhi tinha se casado. Até consegui rosnar para ela na minha mente, imaginando que havia me traído, mas para falar a verdade não sofri nem senti raiva. Apesar daquelas coisaradas dos livros, meu coração permanecia intacto. Com efeito, fiquei decepcionado comigo mesmo, caí na minha própria autoestima e, pelo que eu sabia, Pakhi também não tinha dado um único suspiro ao se casar com um juiz assistente recém-nomeado.

Vocês podem estar pensando: que motivo ela teria

para suspirar? Isso tudo faz parte da adolescência, se cura com a idade, quem se preocupa com isso depois? Sim, com certeza eu estava sendo infantil — enquanto houver crianças neste mundo, essa qualidade não pode ser expurgada. E não importa o que dissermos agora que somos velhos — não se pode descartá-la. Na verdade, nenhum de nós dois tinha pensado em casamento, não havia margem para isso além do relacionamento que tínhamos então; era isso que havíamos aceitado em nossos corações. Mas será que isso significa que deva ser classificado como algo fraco, pobre, aguado? Se fosse assim, então por que estou pensando tão intensamente em Pakhi agora, tantos anos depois, neste lugar estranho, nesta hora estranha?

Não lhe faltavam parentes em Calcutá, mas ela decidiu fazer uma parada em nossa casa. Nunca me perguntei por quê. A mulher do meu irmão gostava muito dela, e ela gostava de todos na nossa família — e mesmo que houvesse um motivo maior, um motivo diferente, mais real, eu não tinha coragem de admiti-lo.

Não, não tinha coragem. Pakhi chegou à noite, eu mal a avistei de longe, "Como vai?" foram as únicas palavras que trocamos. Dali em diante ela se tornou propriedade de todos os demais, especialmente das mulheres, pois não há criatura mais interessante para as outras mulheres do que uma recém-casada, quer ela tenha sete anos ou setenta e sete. Mais tarde todos se acomodaram na varanda para conversar à luz da lua, enquanto eu escapei para encontrar meus amigos hospedados no albergue. Muitas vezes eu os encontrava assim, mas lembro como foi especial aquela noite — cada amigo meu era um companheiro de alma naquela noite. Eles concordaram por unanimidade que também nunca tinham me visto num estado de espírito tão bom. Espírito? Não sei que nome dar a esse sentimento. Alegria? Sim, um tipo especial de alegria que acelerava as batidas do coração, que me dava medo. Assim como o avarento não consegue tirar suas joias da mente, extraindo alegria da certeza de que possui esse tesouro escondido, assim eu também me rejubilava por possuir aquilo — só que o avarento tem medo de perdê-lo, ao passo que eu tinha medo de vê-lo, consegui-lo, possuí-lo. Por isso meu coração batia mais forte durante todo o caminho de volta para casa, com prazer, com esperança, com apreensão, de felicidade.

Aquela noite de verão, toda iluminada pela lua, foi um deslumbramento.

Fui para o meu quarto depois do jantar. Mais uma vez as mulheres se reuniram, lá fora na varanda. Fiquei sentado ouvindo suas vozes, suas risadas, o riso suave de Pakhi. Enquanto a noite avançava, a conversa foi morrendo. Sentado à minha mesa, eu tinha uma luz e um grosso livro aberto à minha frente. Eu lia, ou pelo menos tentava ler, até mesmo virando as páginas de vez em quando; mas o que eu li, ou mesmo que livro era aquele — não consegui me lembrar de nada disso na manhã seguinte.

Enquanto isso, lá na cozinha os criados silenciaram e a reunião na varanda por fim se dispersou. Continuei sentado, escutando-os andar de lá para cá, ouvindo os pequenos ruídos das portas sendo trancadas. O barulho na estrada também tinha morrido; silêncio na noite. Fiquei sentado, imóvel, com meu livro aberto.

De repente vi Pakhi ao lado da minha mesa. No momento em que a vi percebi que era isso que eu estava esperando. Sim, não adianta tentar esconder. Senti que eu a fiz aparecer com a pura força do meu anseio — ela não tinha escolha, não poderia agir de outra forma. Assim, não fiquei surpreso, e não disse nada; só a fitei em silêncio.

Como era ela, a Pakhi que vi naquela noite? Aquela garota magrinha de catorze anos, e essa jovem mulher casada, resplandecente — seria possível comparar essas duas? Nesse dia ela vestia um sari de seda azul, ornado com joias de todos os tipos. Nunca suportei joias, mas naquela noite, naquela noite elas não me pareciam ruins, afinal; até que ficavam bem em certas pessoas, às vezes.

Pakhi foi a primeira a falar. Lembro-me claramente de suas palavras.

"Sou uma senhora casada. Você deveria se levantar quando me vê."

Levantei-me, obedientemente.

"Lendo até tão tarde da noite?"

Em resposta lancei um olhar para o livrão em cima da mesa.

"Você está acordado só para ler?"

Minha cabeça abaixou, culpada. Houve um momento de silêncio. Ouvi o relógio fazendo tique-taque na sala ao lado. Havia mais um som — provavelmente no meu coração, um som estranho.

Pakhi falou de novo: "Você vai viajar logo para o estrangeiro?".

"Estou planejando."

"Quanto tempo vai ficar por lá?"

"Pelo menos dois anos, talvez mais."

"Quando você vai?"

"Em setembro."

Trocamos apenas essas palavras e o silêncio caiu de novo. Várias vezes senti vontade de olhar para ela diretamente, face a face, como se deve, mas não sei que timidez me impediu. Continuei desviando o rosto, embora soubesse, no meu coração, com todo o meu coração, que ela estava ali, perto de mim, tão perto. Mas logo não estaria mais.

De repente Pakhi deu uns passos e parou à minha frente. "Escute", disse.

Levantei o rosto. Sua expressão era séria, quase dura. Eu percebia o ritmo de sua respiração pulsando na concavidade no meio da garganta; tudo estava tão quieto ao redor, e ela tão próxima que eu podia ouvi-la respirar.

"Você precisa fazer grandes coisas na vida." De repente ouvi a voz de Pakhi. "Não fique acordado assim, você pode adoecer. Vá se deitar. É melhor eu ir embora."

Acho que tentei dizer alguma coisa, mas nem um som saiu da minha garganta.

"Vou apagar a luz antes de sair."

Vi sua mão tocar a luz na minha mesa, e em um instante fui transportado para outro mundo. Uma lua escura, azulada, ganhou vida, e meu quarto não era mais um quarto. Seu sari azul parecia quase negro, e assim que ela se moveu seus olhos brilharam, seus lábios se coloriram com o pincel do brilho lunar. Eu a vi assim por um momento, e então seus braços longos, fortes, macios porém firmes, me envolveram; ela me abraçou com força e me beijou nos lábios, muitas e muitas vezes. Meus olhos se fecharam, minha respiração parou, senti o prenúncio da morte.

Ela se afastou e disse: "Não posso te dar mais nada".

Disse isso e partiu. Também naquela noite eu não consegui dormir.

Gagan Baran fez mais uma pausa. Tentou despejar café na xícara, mas ficou decepcionado; não havia mais café nenhum, já fora consumido fazia muito tempo. Acendeu um cigarro — devia estar ansiando por um cigarro há tempos —, deu uma tragada profunda, enchendo os pulmões, e soprou a fumaça devagar.

O escritor se mexeu um pouco e disse: "E então?".

Gagan Baran pareceu assustado ao ouvir a voz de outra pessoa, talvez um pouco envergonhado. Ora, que ideia maluca o tinha feito começar aquela história? Bem, não importa — qual o problema, afinal? Não ia mais encontrar nenhum desses três novamente. Tentou voltar à sua realidade atual; tentou pensar em Delhi, no seu emprego, na mulher, nos filhos, mas nada disso lhe pareceu muito importante; sua cabeça estava repleta dos ecos dos acontecimentos que vinha narrando.

Passando o cigarro para a mão esquerda, recomeçou.

Bem, fui para o estrangeiro e voltei: emprego, casamento, filhos, promoções no trabalho. Envelhecer, quer a gente queira, quer não queira. Em outras palavras, tal como milhões de pessoas, minha vida também prosseguia em sua órbita banal, predeterminada. Sim, por mais que você se cuide bem, leve uma vida saudável, se alimente bem, corra ao médico e ao dentista, quando é hora de envelhecer ninguém está livre. Meu cabelo ficou grisalho, embora não se perceba à primeira vista; mas até quando se pode esconder uma coisa dessas? E reconheço, envergonhado, que não vejo nenhum motivo de orgulho em ter cabelos brancos — considero afortunados os que podem deixar este mundo antes de ficarem grisalhos.

Não teria havido mal algum em não encontrar Pakhi outra vez; teria sido mais adequado a esta história se eu nunca mais a tivesse encontrado. Mas aquele capítulo romântico andava longe da minha mente quando a encontrava por acaso — coisa que aconteceu várias vezes, com alguns anos de intervalo. Cada um desses encontros foi banal, abreviado. Ela sempre ficando mais gordinha; gostava um pouco demais de mascar betel; vivia perpetuamente alegre, muito feliz, completamente imersa em seus filhos e no lar. Vi também sua filha certa vez: estava crescida, e de repente parecia ser a mãe — era tal e qual a mãe fora quando menina, tantos anos atrás.

E foi no casamento de sua filha que a vi pela última vez — há cerca de três anos. O casamento foi em Calcutá, na alameda Madhu Roy. Ela tinha me enviado um convite impresso para o meu endereço de Delhi, acompanhado de duas linhas manuscritas para minha esposa: "Minha querida, como eu ficaria feliz se você pudesse vir". Ela já havia encontrado minha esposa algumas vezes. Minha esposa foi educada no convento, achava Pakhi um tanto rústica, mas Pakhi já tinha encontrado uma oportunidade de me dizer: "Ah, você é um marido de sorte!".

Foi bem nessa época que eu tive que visitar Calcutá a trabalho. Tentando resolver se iria ou não ao casamento, por fim decidi ir. Calcutá se tornara uma terra estrangeira para mim havia muito tempo; eu ia por um ou dois dias, me hospedava em hotéis, passava as noites no cinema, e nunca encontrava ninguém a não ser outros funcionários públicos. Dessa vez havia outra coisa a fazer, outro lugar para ir além dos departamentos do governo no Writers' Building. A ideia não era desagradável. Eu me lembrava da data e, embora decidisse ir cedo e acabar logo com a coisa antes que o restante dos convidados aparecesse, eu não tinha um *dhoti** para vestir; não fazia mais parte do meu guarda-roupa. Assim, fui com roupas ocidentais, menos adequadas.

Levei bastante tempo para encontrar a alameda Madhu Roy, em Bhawanipur. Calcutá tinha mudado muito, e eu parecia ter perdido o senso de direção. Levando como presente um sari de Benarasi, cheguei ao local do casamento depois que a noite caiu. Luzes, decorações, a música dos *shehnais*,** moças e rapazes ataviados com

* Traje masculino indiano tradicional que consiste de um tecido amarrado na cintura, cobrindo quadris e pernas. (N. T.)

** Instrumento de sopro indiano semelhante ao oboé, usado tradicionalmente em festas e casamentos. (N. T.)

exagero, o aroma distante das frituras na cozinha — depois de tanto tempo, me defrontei com esse ambiente totalmente indiano. Bem quando eu estava me sentindo hesitante, deslocado, um jovem que eu não conhecia me deu boas-vindas: "Entre, por favor".

Falei: "Meu nome é tal e tal, vim de Delhi, e se alguém puder...".

Em poucos minutos um garoto de uns quinze anos me acompanhou até o segundo andar. Filho de Pakhi, imaginei.

Pakhi teve uma genuína surpresa ao me ver e mostrou satisfação, uma satisfação quase inadequada. Depois de algumas palavras de cortesia, falei: "Não posso ficar muito tempo".

"Certo, certo, não vou deixar você se atrasar."

Pakhi me depositou em um canto da sala, sozinho, e desapareceu. Mas não fiquei sozinho muito tempo; pessoas mais velhas, de outra geração, foram se reunir ao meu redor, uma a uma. Velhos e velhas; alguns sem cabelo, outros com a vista turva. Parecia que uma vida inteira tinha se passado desde a última vez que eu os vira. Um por um, começaram a falar — pareciam um pouco inibidos, mas percebi claramente que ficaram felizes de me ver depois de tanto tempo. Eu também fiquei feliz. Eles me conheceram quando eu era rapazinho, quando era criança — e quanto tempo mais essa gente tinha para viver? Logo viria a época em que os únicos a se lembrar de mim seriam os que me consideravam um velho, ou uma pessoa mais velha, ou, no máximo, um contemporâneo. Por algum tempo esqueci o peso dos anos nessa reunião de família. Fiquei surpreso ao ver que não era difícil conversar com eles. "Onde ele está? E ela, como vai? E quais são as notícias de fulano de tal?" Isso trazia mais lembranças, velhas lembranças, algumas divertidas. Eu nunca tinha percebido que me lembrava de tanta coisa.

Depois de algum tempo, Pakhi reapareceu. Vinha trazendo uma enorme bandeja, com tigelinhas dispostas em semicírculo.

"Não, não, não! Não aceito uma recusa, você tem que comer!", me disse ela de imediato. Os velhos e as velhas fizeram coro, e comi quase como uma noiva, de cabeça baixa, em pequenos bocados. Acabei comendo quase tudo.

Fiquei muito mais tempo do que pretendia. Fui apresentado à noiva, ouvi louvores ao meu presente, e incontáveis crianças vinham de todas as direções para prestar seus respeitos. Acabei sentindo que a riqueza das relações familiares que experimentei naquelas duas horas iria durar em mim, confortavelmente, para o resto da vida.

Então, quando era hora de o noivo chegar, com a casa inteira animada, o *shehnai* recomeçando sua melodia, eu me despedi. Pakhi me acompanhou até a porta, com algumas pessoas atrás. Provavelmente trocamos algumas palavras assim, parados na porta:

"Bem, pelo menos nós nos encontramos de novo."

"Sim. Eu não poderia ficar para o casamento; por favor, não me leve a mal."

"Você vai voltar para casa amanhã?"

"Amanhã."

"Leve isto", disse ela por fim, dando-me uma lata de biscoitos.

"O que é isso? Tão pesado!"

"Uns doces para sua esposa e seus filhos. Leve para casa, não se esqueça."

"Claro. Os doces de Calcutá são famosos. Não há igual no mundo todo. Eles vão adorar."

"Por que vocês todos não vêm a Calcutá passar uns dias de férias?"

"Sim, quem sabe... é que o meu emprego... bem, até logo..."

Assim que me virei para ir embora, ouvi um comentário, provavelmente de alguma daquelas avós: "Oh, você está de cabelo branco!".

Eu já ia dar uma resposta bem-humorada, quando Pakhi tocou meu ombro de leve e disse: "Sim, o nosso Gagan Baran, ele também já tem cabelos brancos".

Palavras casuais, um incidente casual, mas nunca esquecerei a maneira como ela disse essas palavras! Nunca! Nessas palavras, naquele leve toque de sua mão, percebi claramente aquela noite que Pakhi ainda me amava — e creio que essa foi a única vez que percebi, fugazmente, o que é o amor.

Lá na rua, os fiapos da melodia do *shehnai* me deixaram melancólico.

"Bela história. *Muuu... ito* bonita", disse o empreiteiro, dando um profundo suspiro.

O escritor disse: "Mas a moral é clara. Você conseguiu aquela que você perdeu, e assim por diante. O amor está em algum outro lugar, a distância, mesmo que talvez seja apenas o desejo de amar, apenas imaginação

— nada de real. Muita gente já divulgou esse ponto de vista ao longo dos séculos, mas eu não penso assim".

"Olhe aqui, não sei de ponto de vista nenhum", disse o homem de Delhi. "E também não penso nesse tipo de coisa. 'Comer, beber e se alegrar' — não tenho mais nenhum ponto de vista."

O empreiteiro sorriu: "Quanto a isso, somos unânimes".

"Mas vocês dois contaram histórias tristes", contestou o doutor, sorrindo. "Então que tal uma história feliz agora?"

"Claro, claro."

"A história do meu casamento. Tirando os que morrem antes da hora, todo mundo — bem, talvez não todo mundo, mas a maioria das pessoas — acaba se casando com alguém; não há nada de especial nisso. Mesmo assim, houve algo interessante no meu casamento; não é uma má história."

"Deixe a modéstia para lá. Vamos ouvir."

O médico começou...

3. O casamento do dr. Abani

Eu tinha aberto meu consultório havia apenas um ano quando me casei. Não pensava em me casar tão jovem. Consegui um quarto em Dharmatalla e uma linha telefônica, tinha até um carrinho, mas quanto a clientes — nada, nenhum. Pelos meus cálculos, a herança que meu falecido pai havia deixado para seu filho único duraria uns cinco anos — e se eu não conseguisse formar a minha clientela nesse período, seria uma vergonha.

Eu tinha decidido nem pensar em me casar até conseguir ganhar pelo menos mil por ano. Toda essa gente que já ia vestindo seus luxuosos trajes de casamento assim que conseguia ganhar sessenta rupias por mês me davam palpitações. Tudo bem casar, mas o que dizer de coisas como filhos, doenças, os caprichos da esposa, suas próprias necessidades? E mesmo que você consiga sustentar tudo isso, vêm as briguinhas, os conflitos, as indisposições. Tudo isso não era para mim. Ou assim eu pensava. Mas as coisas aconteceram de outra maneira.

No ano em que me formei na faculdade minha mãe faleceu, ou seja, fiquei praticamente sem família. Os jovens médicos solteiros costumam levar uma vida um tanto indisciplinada; para a pessoa que eu tinha me tornado, sem raízes e que não precisava responder a ninguém, seria fácil cair na esbórnia. Porém consegui me conter — não devido a nenhuma extraordinária força de caráter, mas simplesmente à minha ardente ambição de tornar-me um grande médico. Depois do jantar eu estudava até a meia-noite ou uma da madrugada, e então, cansado dos textos médicos, ia para a cama com um romance; ao acordar de manhã, continuava mais um pouco na cama lendo o mesmo romance. Esse era meu hábito na época, mas não durou muito.

Tenho vontade de rir quando me lembro disso agora, mas meu coração batia de nervoso na manhã do meu casamento. Eu já tinha visto Bina em muitas situações diferentes, há muito tempo, já havia conversado muito com ela, primeiro em público, depois em particular, mas a cada vez que me dava conta de que ela estava prestes a se tornar minha esposa, que viria morar na minha casa, dormir na minha cama, que sua autoridade sobre minha vida seria maior do que a minha própria — e que tudo isso iria continuar, não por um mês ou dois, nem sequer por um ano ou dois, mas durante toda a minha vida —, cada vez que eu me dava conta disso precisava sair correndo para tomar água ou começava a andar ansiosamente pelo quarto.

Sim, fiquei muito nervoso naquele dia. Mas não

devo colocar o carro diante dos bois. Melhor começar do começo.

Lembro-me da primeira vez que vi Bina. Ali estava eu, sentado no meu consultório sem pacientes, todo vestido para um dia de trabalho, quando meu amigo Ramen telefonou. "Você pode vir para cá agora mesmo?"

"O que aconteceu?"

"Uma moça cortou o pé — está todo inchado, ela está com muita dor..."

Eu ri e respondi: "Para que você precisa de uma consulta médica particular? Ponha uma compressa de água boricada, vai sarar".

"Não, é que ela — ela precisa se recuperar logo, do contrário não vamos poder continuar os ensaios."

"Ensaios? Para quê?"

"Não está sabendo? Nós vamos encenar uma peça, *O novo ninho.*"

Não fazia muito tempo, eu tinha lido um romance chamado *O novo ninho*, de Shailesh Dutta, na época um romancista famoso. Será que estava sendo adaptado para o teatro? A resposta foi sim. O próprio Dutta havia escrito a peça e também era o diretor; a jovem que tinha se machucado era sua cunhada, irmã mais nova da sra. Dutta. A garota que fazia o papel principal mal podia ficar em pé, coitada, e eu devia curá-la o mais rápido possível. Precisava ir até a casa de Dutta. Ramen me deu um endereço na rua do Lago. O lago era um novo acréscimo a Calcutá, e a rua do Lago fora construída não muito tempo atrás.

"O que você anda fazendo por lá?", perguntei a Ramen.

"Estou com eles também."

"E desde quando você se dá com escritores?"

"É preciso ter contato com todo tipo de gente. Não deixe de vir", disse Ramen, e desligou.

Ramen era meu grande amigo naquela época. Era um sujeito estranho; nos dois primeiros anos da faculdade de medicina ele se convenceu de que não ia passar nos exames, então abandonou os estudos e abriu uma ótica na rua Free School. A loja logo se mudou para Chowringhee, e ali se instalou um oftalmologista diplomado no estrangeiro, assim como uma mocinha anglo-indiana no balcão. Nenhum de nós esperava que seus negócios prosperassem tanto. Ficamos um pouco surpresos, para ser franco; ele não tinha lá um grande capital. Mas o que ele tinha era uma forma divina de capital — sua aparência. Era difícil encontrar um bengali tão bonito; um metro e oitenta e três de altura, atlético como o atacante de um time de rúgbi, a pele clara, faces coradas e uma basta cabeleira de cachos negros. Eu sentia que a sua bela estampa era a chave do seu sucesso.

Essa mesma beleza fez com que a jovem balconista anglo-indiana se tornasse tão ousada que não sossegou até conseguir se casar com ele. Amigos como nós fizemos o máximo para impedi-lo, mas Ramen foi assobiando até o cartório e a mesa do tabelião. Dentro de um ano, o casamento tinha acabado, mas Ramen nem se importava. Administrava a loja com o mesmo entusiasmo de antes, e logo contratou outra garota anglo-indiana para o balcão.

Chegando ao endereço na rua do Lago, encontrei Ramen à minha espera na calçada, andando de lá para cá. Saindo do carro, falei: "Pelo menos assim a gente se encontra. Você anda tão sumido".

Ramen deu um sorriso envergonhado, com a desculpa de praxe: "Ando muito ocupado. Entre, suba".

Dutta e sua esposa Gayatri me receberam com sorrisos. Eu já tinha me encantado com seu livro; e fiquei ainda mais encantado ao conhecê-lo pessoalmente. Os dois me pareceram muito finos.

Depois dos cumprimentos e formalidades perguntei: "Onde está a paciente?".

"Venha por aqui, por favor", disse a sra. Dutta, me levando ao quarto ao lado. Bem, como vocês já devem ter imaginado, foi com essa mocinha deitada naquele quarto que acabei me casando.

Quando entramos, ela estava sentada na cama, apreensiva. Fiquei espantado: será que um simples corte no pé podia fazer alguém parecer tão infeliz? O rosto cinzento, os lábios secos como se tivesse febre alta, os olhos vermelhos, o cabelo desgrenhado caindo no rosto. Bastou-me um olhar para ver que o caso era grave.

Mas não consegui descobrir nada, mesmo depois de um prolongado exame. Enquanto me curvava, examinando seu pé, a paciente ficou sentada, imóvel, com o queixo apoiado nos joelhos. Eu me endireitei e perguntei: "Está doendo muito?".

Ela não respondeu.

Perguntei de novo: "Está doendo muito?".

Ramen, ao meu lado, disse: "Responda, Bina".

A garota respondeu sem olhar para ninguém: "Sim, muito".

Escrevi uma receita de um remédio comum, saí do

quarto e disse ao casal Dutta: "Não é nada, mas parece que ela está passando muito mal".

"Sim, muito mal", disse o sr. Dutta muito sério.

Falei em tom tranquilizador: "Não há por que se preocupar. Logo mais ela vai ficar boa".

Ramen disse: "Às vezes uma coisa pequena acaba se complicando, sabe como é. É por isso que mandei chamar você. Espero que não seja preciso cancelar a peça".

"Não, não, nada disso. Ela vai sarar", repeti, tentando acalmá-lo.

Talvez por eu ser médico, ou por algum outro motivo, parecia que tanto Dutta como sua esposa simpatizaram comigo, e me convidaram para assistir aos próximos ensaios; eles eram realizados três vezes por semana, na residência deles. Haveria um ensaio no dia seguinte, então se eu tivesse tempo para vir...

"Farei o possível", falei, e me despedi. Ramen me acompanhou até a porta e disse: "Acho que você deveria vir ao ensaio amanhã, você vai gostar".

Bem, em geral eu passava as noites na companhia de amigos — todos eles médicos. Os médicos nunca fazem amizade com mais ninguém, só com outros médicos. Eles não gostam de fazer amizade com outras pessoas para não aumentar o número de clientes gratuitos. Mas as mesmas histórias e piadas sobre a profissão médica acabam se tornando tediosas depois de um tempo e, como já mencionei, nunca participei dos animados eventos que os jovens médicos organizavam para quebrar essa monotonia. Assim, eu não podia perder esse novo convite, tão empolgante. Tinha que ser uma reunião diferente, uma experiência nova. Na noite seguinte, em meio ao corre-corre de Dharmatalla, enquanto eu decidia se iria ou não, Ramen entrou no meu quarto cheio de determinação e ordenou: "Venha".

"Aonde?"

"Ora, você não vai ao ensaio?"

"Você vai?"

"Claro, eu vou todos os dias."

"Será que eu deveria mesmo ir?"

"Como assim, deveria? Claro que sim! Eles vão ficar muito contentes."

Depois de me vestir adequadamente para estar em companhia civilizada, entrei no carrinho de Ramen, um Morris cor de creme. Pouco depois entrávamos na sala de estar de Dutta. O coro de vozes de boas-vindas a Ramen se dissipou quando me viram. Muitos me olhavam com uma expressão que dizia: "Mas quem será esse sujeito?". Dutta logo se encarregou das apresentações, anunciando primeiro meu nome e depois, um por um, o nome dos outros — o que não foi pouco trabalho, pois havia pelo menos vinte pessoas espalhadas pela sala conversando em grupinhos, e era difícil até atrair a atenção delas.

Eu não tinha me enganado no que previ. O sabor dessa reunião era completamente diferente — eu nunca havia experimentado nada em minha vida que se comparasse àquilo. Onde eu já tinha visto um grupo como aquele, com tantos rapazes e garotas bem-parecidos e bem-vestidos, em uma sala tão bem iluminada? Suas risadas, suas conversas, seu modo de se portar, os olhares rápidos que lançavam ao redor, e até mesmo os movimentos mais leves de suas mãos, tudo isso indicava que eram cidadãos de um admirável mundo novo, um mundo radiante de cuja existência nem sequer se suspeitava dentro dos muros de uma escola de medicina. Pelo menos foi essa a minha impressão naquele dia. Quando passei a conhecê-los melhor, percebi que muitos eram pessoas comuns, tanto como o resto de nós, só que o verniz do seu envoltório brilhava mais.

Perdi Ramen de vista um minuto depois de entrar. Todos o procuravam: às vezes neste grupo, às vezes naquele, às vezes sentado, as vezes em pé, às vezes inclinado, ele ria com os olhos, sorria com a boca, falava com a boca e com os olhos. Ramen era fluido por natureza, não tinha inibições; tudo que fazia parecia lhe cair bem devido à sua bela aparência. Eu sempre o tinha visto tornar-se a alegria da festa aonde quer que ele fosse, e também ali ele era o centro das atrações. Todos pareciam ter algo para lhe dizer em particular, e até a sra. Dutta conversou com ele em voz baixa junto à janela por quase dez minutos.

Parecia que o sr. Dutta vinha tentando iniciar os ensaios havia bastante tempo, mas a conversa simplesmente não cessava. Enquanto isso, chegavam as xícaras de chá, acompanhadas por elegantes salgadinhos. Não houve o suficiente para todos na primeira vez, apesar de que eu, como visitante, fui logo servido. A segunda rodada só chegou às oito horas. Finalmente Dutta se levantou e disse: "Vamos começar. Já faz tempo que não ensaiamos a cena de Anupam e Lalita, então vamos começar com essa. Anupam! Lalita!".

Ramen levantou-se e assumiu uma expressão séria.

"Lalita! Bina!, venha!"

Durante todo esse tempo, a paciente do dia anterior tinha ficado em silêncio, sentada a um canto, apoiada na parede. Notei que ela não havia falado com ninguém, nem uma única pessoa, nem levantado a vista. Tinha um livro aberto no colo, mas sua expressão deixava claro que ela não estava lendo. Seu rosto parecia tão cinzento como no dia anterior. Tinha arrumado o cabelo para o ensaio, mudado de roupa e até aplicado um pouco de maquiagem — mas parecia não haver nem uma gota de espírito em todo o seu corpo. Perguntei pela saúde dela à sra. Dutta logo que entrei, e ela disse que a filha tinha melhorado. Mas não vi sinal algum de recuperação. Admito que fiquei um pouco preocupado. Um exame de sangue poderia ser necessário, vendo como ela estava magra; até um exame de raios X não seria má ideia.

Dutta a chamou de novo: "Bina!".

Bina veio mancando com seu pé enfaixado. Dutta disse: "Ramen, a sua fala".

Eu não tinha percebido, durante todo esse tempo, que Ramen também atuava na peça. E não era qualquer papel — ele era o protagonista, o jovem amante sobre quem eu já lera no livro de Dutta. Aliás, o que eu mais tinha gostado no livro foi do romance entre Anupam e Lalita. Sentei-me para assistir com atenção.

Ramen perguntou a ela: "Não está me reconhecendo?".

Bina disse algo incompreensível em voz baixa. "Fale alto!", exclamou o autor lá de trás.

Ouvimos uma vozinha fraca: "É Anupam-babu, não é?".

"Olhe para ele quando você fala."

Bina levantou os olhos com grande dificuldade e repetiu seu texto.

"Sorria, sorria quando você fala com ele!"

Ela deu um sorriso fraco. Mas não havia conexão entre o sorriso e as palavras — as duas coisas pareciam vazias. Não entendi por que eles tinham escolhido Bina para o papel.

O sr. Dutta se levantou e começou a passar um sermão na menina. "Bina, você quer que todo o nosso trabalho vá por água abaixo só por sua causa? Se você representar dessa maneira, ninguém vai se interessar. O seu papel é o maior de todos, você tem diálogos com todo mundo."

Bina suspirou e disse: "Podem me tirar da peça".

"Que criancice é essa?" Ramen lhe deu uma palmada de leve na cabeça. "Levante-se, fique ereta, diga seu texto direito."

Pareceu-me vê-la tremer ao ouvir isso; seus olhos se dilataram, o sangue lhe afluiu às faces. Depois disso sua atuação foi bem melhor. Mesmo assim, as rugas de sofrimento não lhe deixavam o rosto; era como se ela não quisesse, na verdade, dizer suas falas, nem mesmo pensar nelas; estava apenas sendo forçada a isso.

Um pouco depois o sr. Dutta disse: "Certo, agora vamos fazer o Primeiro Ato. Sarbeshwar, Basanti, Lily, Priyanath...".

Quatro ou cinco pessoas se levantaram para ocupar seus lugares no palco.

O ensaio foi até as dez e meia da noite. Chegaram muitos outros amigos, ajudantes e fãs; a sala estava cheia. As cadeiras foram encostadas na parede, um enorme lençol foi estendido no chão. Eu estava sentado em silêncio a um canto, sorvendo tudo aquilo, olhando, admirando, sempre surpreso e espantado. Todas as pessoas sentadas ao meu redor pareciam talentosas ou competentes de algum modo. Uma delas desenhava incansavelmente, fazendo esboços das mulheres presentes com caneta-tinteiro; outras, com lápis e papel na mão, estavam imersas em seus cálculos; outras ainda liam páginas do texto. Ocasionalmente, três ou quatro dirigiam-se à varanda, em geral para uma conversa em particular; e embora as conversas não perturbassem os ensaios, algumas frases me chegavam aos ouvidos, já que eu tinha me sentado perto da porta. Eu me senti deslocado naquela dança bizarra, mesmo assim não posso dizer que não gostei, pois, embora estivesse sozinho, nem percebi o tempo passar.

Por volta das dez e meia, alguém disse: "Vamos encerrar por hoje".

Dutta disse: "Anupam e Lalita, última cena".

Bina exclamou: "Não, não, essa cena não!". Fiquei surpreso com a súbita veemência em sua voz.

Ramen disse: "Ora, claro que sim. Venha, Bina, está ficando tarde".

Bina levantou-se devagar. Parecia que não ia conseguir dizer nem uma palavra, mas como representou bem aquela última cena! Quando Anupam disse: "É melhor eu ir embora, Lalita", os olhos dela se encheram de lágrimas ao responder: "Não, não vá, não me deixe". Fiquei cheio de admiração pelo desempenho dela.

Ramen foi o último a se despedir; tive que esperá-lo. O sr. Dutta me disse: "Apareça de vez em quando! Venha mesmo".

Agradeci com a cabeça, cortesmente, e Ramen brincou: "Por que 'de vez em quando'? Ele vai vir todos os dias. Sabe como é, ele não tem clientela. Aquele consultório é só para manter as aparências".

Dutta sorriu e disse: "Muito bem, então por que não montar seu consultório aqui mesmo? Pronto, você foi nomeado médico oficial de plantão de *O novo ninho*".

Falei: "Maravilha, mas parece que não fiz muito progresso no meu primeiro caso".

"Quem, Bina? Ora, não há nada de errado com ela. Logo mais ela sara."

Ramen passou a noite no meu quarto. Naquele tempo eu trabalhava e morava no mesmo quarto. Mandei vir arroz frito e costeletas do restaurante próximo, e depois sentamos para conversar e tomar café. "Bina representa muito bem", observei.

Ramen sorriu, sem responder.

"Mas parece que ela não está bem de saúde."

"A saúde dela é boa, só que ultimamente ela não anda bem."

"Me parece que o problema no pé não é nada. Deve haver alguma outra coisa, algum outro problema muito sério."

"Nesse ponto você tem razão."

Encorajado pela resposta, falei: "Ela está muito pálida, creio que é anemia. Posso conseguir um *checkup* completo, se vocês quiserem. Quem sabe o major Ghosh...".

"Você acha mesmo que um médico pode curar a doença dela?"

"Como assim? Por que não? Você mesmo é meio médico — não devia dizer uma coisa dessas."

"Mas eu sei qual é o problema dela."

"É mesmo?"

"O mal dela é amor."

"O quê?"

"Amor. O que as pessoas chamam de 'paixão'. Ela está apaixonada."

Senti como se essas palavras me tivessem atirado na água, eu que estava tão seguro no meu refúgio em terra. Consegui me recompor em um minuto e disse, fazendo uma cara de médico, bem profissional: "Entendo. Nesse caso não há nada que um médico possa fazer".

"Outros médicos talvez não, mas você pode", disse Ramen, deitando-se no sofá. "Ah, esse seu sofá é maravilhoso!" Esfregando os pés um no outro, continuou: "O problema é que o objeto da doença dela sou eu".

Sorri. "Bem, para você isso não é novidade."

Ramen de repente ficou agitado. "E o que você quer que eu faça? Quer que eu morra? Ou vá embora do país? Bina é tão boazinha, nunca imaginei que ela fosse criar uma situação tão terrível."

E Ramen começou a se lamentar. Como poderia ter paz se esse tipo de coisa não parava de acontecer? Ele trabalhava como um escravo o dia todo em sua ótica, e as noites na casa de Dutta eram uma diversão agradável. Em pouco tempo se tornara íntimo deles, e ainda bem que eram pessoas finíssimas, do contrário como poderia continuar aparecendo por lá?

Ouvi até este ponto e falei: "Bem, tenho certeza de que a culpa não é só dela, essas coisas nunca são unilaterais".

"Acredite ou não, é absolutamente unilateral. Não há nada do meu lado."

"Nada? Bobagem!"

"Está vendo? Lá vem você dizer a mesma coisa. Tenho certeza que o senhor e a senhora Dutta também pensam assim. Quanto a mim, já estou exausto de tentar explicar as coisas para Bina nesses últimos dias. Não aguento mais."

"E o que você vem dizendo?"

"Digo para ela ficar calma, que tenha compostura, fique boazinha, que compreenda."

"E o que ela diz?"

"Não consegue dizer nada — só chora e soluça. Eu não fazia ideia que alguém pudesse chorar tanto assim! Ela se transformou completamente — era uma garota cheia de vida, virou um verdadeiro cadáver. Você pode imaginar como a gente se sente quando vê alguém chorando dessa forma — e, pior ainda, sabendo que essas lágrimas são por você. Quanto mais eu tento consolar a pobre, mais ela chora."

Bem, Ramen continuou se abrindo comigo e me disse, em suma, que teria desistido de manter qualquer contato com a família se não fosse pela peça. E, além disso, por que desistir? Será que ele não tinha vida própria, sua própria felicidade, sua própria paz? Será que deveria parar de frequentar um lugar que queria frequentar simplesmente porque uma mocinha havia perdido a cabeça? Que injustiça!

Eu o consolei dizendo que esse era o preço que ele tinha que pagar pela sua pinta de galã.

Sim, ele já tinha percebido havia muito tempo que

sua aparência era sua inimiga. Imagine só — ele tão satisfeito, desfrutando suas noitadas nos ensaios, e agora as lágrimas ameaçavam afogar tudo isso. Pois aquela Bina que eu tinha visto, disse Ramen, não mostrava a verdadeira pessoa que ela era. Transbordante de vida, simpática — bem como a personagem Lalita no início de *O novo ninho*. Aliás, era bem possível que Dutta tinha criado Lalita inspirando-se em sua jovem cunhada. Sempre que ela entrava pela porta, o espectro da depressão saía voando pela janela. Uma mocinha encantadora, muito simpática; ele garantia que quem se casasse com ela seria um homem de sorte.

Falei brincando, para provocá-lo: "Ela mesma já escolheu o afortunado".

Ramen só deu um suspiro em resposta.

Ah, se ele não tivesse entrado naquele grupo! Tudo já estava preparado para a peça, mas não se encontrava ninguém para fazer o papel de Anupam até que, por acaso, descobriram Ramen. Os ensaios foram de vento em popa durante um mês ou mais; tudo perfeito. Todos concordavam que a vivaz Bina era uma Lalita perfeita. Sabiam que ela faria bem a primeira parte, quando a personagem corria de lá para cá, parecendo uma jovem alegre, leve, cheia de vida; mas nem sua irmã imaginava que ela iria fazer tão lindamente as cenas românticas e tristes do final. Certo dia, porém, veio a notícia de que Bina tinha adoecido e não poderia ensaiar. Ramen se preocupou, todos ficaram preocupados, mas ninguém podia falar com ela — parece que tinha se recolhido ao quarto com uma terrível dor de cabeça, deitada no escuro. Aquela noite o ensaio não correu bem; Dutta estava distraído, a sra. Dutta volta e meia desaparecia lá dentro da casa, e por fim o ensaio terminou mais cedo. Foi aí que a sra. Dutta chamou Ramen de lado e disse que tinha um assunto importante para conversar com ele.

Ramen se sentiu atingido por um raio com a notícia que ela lhe deu. Bina, segundo ela, parecia melancólica desde a tarde do dia anterior, andando de quarto em quarto, de janela em janela. Não havia ensaio marcado para aquela noite, e embora Ramen às vezes fosse visitá-los mesmo quando não havia ensaio, não foi naquele dia. A sra. Dutta lhe perguntou uma ou duas vezes: "O que há com você, Bina?". Sem resposta.

Quando anoiteceu, a menina perguntou: "Ramen não vem hoje?".

"Não sei, já são mais de oito horas, duvido que ele venha", respondeu a sra. Dutta.

"Peça para ele vir... Telefone para ele!", pediu Bina. A sra. Dutta olhou para a irmã, surpresa, e viu seus olhos cheios de lágrimas. Assim que exclamou "Bina! Qual é o problema?" e pôs as mãos nos ombros da irmã, Bina a abraçou e irrompeu em lágrimas, dizendo: "Quero casar com Ramen! Quero casar com Ramen!". E assim tinha continuado desde aquele dia. Desistira de tudo e se retirara para a sua cama. "Estou em apuros", concluiu a sra. Dutta.

Ramen não fazia ideia do que dizer, para onde olhar, onde pôr as mãos em resposta. Sentiu-se terrivelmente mal, terrivelmente culpado; mas, pensando bem, por acaso era culpa sua? Ele nunca havia dito, feito ou mesmo pensado em algo capaz de despertar sentimentos tão fortes em Bina. O relato da sra. Dutta era difícil de compreender.

Mas foi obrigado a acreditar nela ao ver a garota. Estava em um estado lamentável. Ramen sentou-se ao lado dela e perguntou: "O que acontece, Bina?", e ela imediatamente apertou sua mão e começou a soluçar. Nem se lembrou do comportamento adequado para uma jovem. Será que tinha enlouquecido? Ramen ficou pasmo, mas também se sentiu muito infeliz.

O sr. e a sra. Dutta, muito educados, saíram do quarto. Ramen se sentiu extremamente constrangido e tentou superar a situação rindo e perguntando: "Então, o que está havendo?".

Veio uma resposta em voz abafada. "*Didi** já não contou tudo para você?"

"Sim."

"E o que você acha?"

Ramen explicou que teriam muito tempo para conversar sobre isso, mas que no momento ela precisava se recuperar rápido para que não fosse preciso cancelar a peça. Mas suas palavras foram em vão.

Vários dias tinham se passado, durante os quais Ramen fez esforços, e não poucos, para acalmar a menina e convencê-la a se recuperar, com a irmã também se dedicando, e isso o dia todo — mas não! Os dois não tinham sucesso algum. Por algum motivo, Bina estava certa de que sua vida não teria mais sentido se ela não se casasse com Ramen, e ninguém conseguia convencê-la do contrário. Para ela não fazia diferença nenhuma que

* Irmã mais velha, em híndi. (N. T.)

Ramen já tivesse sido casado, e lhe agradava, especialmente, seu estilo de vida meio ocidentalizado. Pelo jeito, esse tipo de homem era o seu ideal: alto, de tez clara, um rapaz que subia as escadas assobiando, jogava tênis, sempre usando calças em estilo inglês. Chegara a dizer à irmã que se o casamento não se realizasse dentro de um prazo normal, ela se mudaria para a casa de Ramen — ele não iria expulsá-la de lá, não é mesmo?

Ramen me confiou sua litania de queixas até as duas da manhã. Daí perguntou: "O que você acha? Qual é a saída?".

"Bem", disse eu, "há uma saída fácil: case-se com ela, só isso."

"O quê? Casar com ela? Se fosse possível, seria simples."

"E por que não é possível?"

Ramen disse: "Não sou fã do casamento".

Agora foi minha vez de convencê-lo. "Não é fã? Como assim? Afinal, você VAI se casar um dia, não é mesmo? Com certeza não vai ficar solteiro a vida toda. E não há nenhum obstáculo. Você mesmo já disse que gosta da menina, que tem pena dela..."

"Por que eu não haveria de ter pena dela? Também sou um ser humano."

"Então, o que impede você de casar com ela?"

"Existe um obstáculo." E Ramen fez outra confissão: "Prometi a Ruth que se eu me casar de novo, será com ela".

"Mas quem é essa Ruth?"

"É a moça da minha loja..."

"Outra vez, Ramen!"

"Você não entende? Ela não tem ninguém... E do jeito que ela anda atrás de mim... Não é provável que eu me case de novo, mas se algum dia..."

Falei, zangado: "Quer dizer que as artimanhas de uma garota anglo-indiana têm mais importância para você do que as lágrimas de uma garota bengali?".

"Pode falar o que quiser. Vou dormir."

Ramen arrancou o paletó e jogou-o no chão, enrolou as calças até os joelhos e se esticou no sofá.

Eu ainda sentia raiva, mas não falei mais nada.

Naquela noite o sono me fugiu. Eu via diante de mim a expressão desolada de Bina, com os olhos inchados, o cabelo em desalinho. Eu sofria; contudo, não era bem um sofrimento, era um prazer desconhecido. Comecei a imaginar que eu estava tentando tranquilizá-la, consolá-la. Ela se recusava a me ouvir, mas eu continuava falando; em certo momento ela sorriu, disse alguma coisa, e então percebi de repente que Ramen e a garota que estava tão fascinada por ele não moravam mais nos meus pensamentos; eu tinha me esquecido dela. Senti vergonha e decidi na mesma hora que me envolver nos assuntos alheios não era uma boa ideia. Não fazia nenhum sentido visitar o casal Dutta; era melhor cuidar da minha vida.

Mas Ramen não me deixava em paz, e me obrigou a ir com ele no dia seguinte. Como já disse, gostei da atmosfera daquela casa. E, aliás, em poucos dias fiquei viciado; parei de ser uma nota de rodapé para Ramen e comecei a frequentar a casa por minha conta. Nesse período, Bina finalmente conseguiu se aprumar, seu rosto ganhou cores e um sorriso, e falava algo mais do que seus diálogos, que tinha recomeçado a proferir com muito talento. Com sua recuperação, o ritmo dos ensaios aumentou; o intenso nível de socialização que ocorria antes, durante e depois dos ensaios era algo que, em toda a minha vida, só testemunhei nessa ocasião.

Na primeira semana de março, uns dois meses depois da minha primeira visita à casa de Dutta, no inverno — possivelmente em janeiro — foi encenado *O novo ninho*. Houve quatro apresentações. Compareci às sessões das quatro noites, às vezes observando as reações do público no teatro, às vezes ajudando a arrumar os figurinos antes do espetáculo, nos bastidores. Também não fui poupado das obrigações de motorista, encarregado de diversas tarefas aqui e ali, nem da responsabilidade de levar para casa três pessoas do enorme elenco.

A produção chegou ao fim, mas as comemorações duraram ainda um mês inteiro. Primeiro na casa dos Dutta, depois em restaurantes, depois na casa de campo de um amigo de Dutta e, finalmente, de novo na casa de Dutta — festa após festa, uma comemoração após a outra. Embora minha contribuição tivesse sido pequena, pois eu havia passado a maior parte do tempo assistindo, fui convidado para todas as festas; os Dutta eram anfitriões impecáveis. A essa altura eu já conhecia bem várias pessoas do elenco, e não me sentia mais como um peixe fora d'água entre eles. Embora eu fosse apenas um médico, longe de ser versado em literatura e assuntos afins, vários membros desse grupo de pessoas brilhantes tinham me aceitado calorosamente. De todos eles, era Bina quem eu menos conhecia; não mais que o apropriado dentro dos estreitos limites de uma relação formal. Eu já havia observado que ela tinha certa antipatia por mim. Talvez não me achasse bonito ou talvez soubesse que Ramen havia me contado tudo sobre ela — fosse qual fosse o motivo, ela parecia evitar a minha companhia. Eu não me importava, pois para mim era difícil saber como conversar, como me conduzir com uma jovem apaixonada, a quem o amor havia ferido e causticado. Manter a distância era muito melhor.

Em abril, o casal Dutta foi para Kalimpong. Eu lhes fiz uma visita quando estavam de partida; excepcionalmente, não havia mais ninguém presente aquele dia. Depois de um pouco de conversa casual, a sra. Dutta anunciou: "Tenho uma notícia para você: sua paciente se recuperou completamente".

Ótima notícia, pensei comigo, mas por que me dizer aquilo? Meu relacionamento com eles já ia terminando.

Como se tivesse lido meus pensamentos, a sra. Dutta disse baixinho: "Afinal você já sabe da história toda, então achei melhor lhe contar".

Depois de uma pausa, respondi: "Na minha opinião, Ramen não agiu corretamente quando se recusou a se casar com ela".

"Ele já deu a palavra a outra pessoa, não há como mudar isso."

"Deu a palavra? Bobagem. Na verdade, ele não quer se casar."

"Bem, não se pode obrigar ninguém a agir contra a vontade. Eu expliquei para Bina: 'Se você não pode ter o rapaz, por que se comportar desse jeito? Você não tem respeito por si mesma? É sempre o homem que pede e implora à mulher, e você, como mulher...'."

O sr. Dutta disse, brincando: "Hoje em dia está tudo de cabeça para baixo. Agora são as mulheres que correm atrás e os homens que fogem. Pobre Ramen! Sua posição não era nada invejável".

A sra. Dutta disse: "Bem, foi Ramen que conseguiu manter as coisas sob controle. Tenho que elogiá-lo, pois do jeito como ela estava tomada por esses sentimentos, não haveria escapatória para ela se ele tivesse um pingo de más intenções".

Depois de tecer mais alguns louvores a Ramen, a sra. Dutta disse: "Bina agora anda dizendo que não se importa que Ramen não se case com ela, mas que ela não vai se casar com mais ninguém o resto da vida. Mas em breve vamos começar a planejar o casamento dela. Por enquanto vamos deixá-la com a minha irmã mais velha — você já a conhece, ela cuidava do guarda-roupa das atrizes —, e minha mãe vem fazer uma visita no mês que vem. Ela também vai ficar aliviada quando a última da ninhada se casar. Será que você pode ficar de olho em algum rapaz que sirva para ela?".

Concordei com a cabeça, mas as palavras dela me pareceram frias, sem coração. Bina acabava de sobreviver a uma grande crise — e falar em casamento tão pouco tempo depois! Quem sabe o que ela dizia não era bem verdade, com certeza não ficaria solteira o resto da vida; mas não seria fácil esquecer Ramen assim depressa. Nem todo mundo é capaz de deixar as coisas para trás com tanta facilidade como Ramen!

A sra. Dutta disse: "A casa da minha irmã fica na avenida Sul, seria tão bom se você pudesse visitá-los uma vez ou outra! Eles ficariam muito satisfeitos. E a saúde de Bina também — eu gostaria tanto que ela seguisse um regime receitado por um médico...".

"Com certeza, farei o possível."

E assim começaram minhas visitas à avenida Sul. Uma ou duas pessoas do elenco de *O novo ninho* também costumavam ir até lá, mas a maioria não ia mais — a residência de Dutta fora o destino da peregrinação de todos; assim que os Dutta partiram, o grupo se desfez. E mesmo que um encontrasse o outro de vez em quando, não havia nem sombra de Ramen. Parece que ele estava esperando justamente uma oportunidade assim; quando os Dutta desapareceram, fez ele o mesmo.

Receitei para Bina uma série de injeções de cálcio e dois comprimidos, um depois das refeições e um antes de dormir, e também uma dieta. Parece que o tratamento funcionou; suas faces ficaram mais coradas, os olhos mais brilhantes, a pele mais sedosa. A irmã mais velha brincava: "Bina está desabrochando — é o casamento que está chamando!".

A mãe chegou de Benares, e a procura de um noivo começou. Mas sempre que se mencionava algum rapaz, Bina levantava os braços, fazia caretas e dizia: "Oh, me poupem, por favor!". A essa altura, o gelo entre nós já havia derretido. O jeito como ela imitava os possíveis candidatos, desde um jovem professor com uma echarpe no pescoço até um latifundiário viúvo de Rangpur, junto com seus comentários, me fazia rir e ao mesmo tempo ter pena desses cavalheiros desconhecidos.

A irmã mais velha a repreendeu: "Bina, pare com essas bobagens. Parece que você não gosta de ninguém! Desse jeito você nunca vai encontrar um marido".

Bina retorquiu: "E por acaso eu estou triste com isso?".

"Claro que não", replicou a irmã. "Hoje em dia as moças fazem vinte e cinco anos, até trinta, e nada de se casar! Continuam sendo professoras até o fim dos tempos. Espero que isso não aconteça com você."

"Se é isso que o destino me reserva, como posso evitar?"

"Bina, seja razoável. Pense na mamãe — ela já tem idade, quanto tempo mais..."

"Já falamos sobre tudo isso, *bordi*.*"

"Por que você não nos diz que tipo de pessoa você quer? Nós vamos procurar."

E Bina: "Quer dizer que é como uma roupa ou um sapato, que a gente encomenda na loja?".

Tudo isso acontecia na minha presença, e eu me sentia muito constrangido. Justo quando eu tentava arranjar um pretexto para ir embora, a irmã de Bina deu uma olhada para mim de repente e disse: "Por que procurar em outro lugar? Você e Abani são um par perfeito".

Bina caiu na gargalhada: "Mas que bobagem!".

Sua risada traía excelente saúde, mas não caiu nada bem nos ouvidos do doutor aqui. Levantei-me e falei, taciturno: "Bem, até logo".

A irmã de Bina disse: "Você ficou aborrecido?".

"De forma nenhuma — tenho algumas coisas para fazer..."

"Não pode nos levar para dar uma volta no seu carro? Está tanto calor, nós adoraríamos tomar ar fresco."

* Irmã mais velha, em bengali. (N. T.)

"Claro. Com prazer."

"E você, Bina?", perguntou a irmã ao levantar.

Bina veio também. Depois de algumas voltas em torno do lago Dhakuria, parei o carro. A irmã de Bina queria sentar na grama, mas assim que saímos do carro encontrou uma vizinha e as duas foram andando na frente.

"E você, o que gostaria de fazer?", perguntei a Bina. "Quer sentar aqui ou andar com elas?"

Bina disse: "Podemos voltar. Este bairro ficou péssimo ultimamente".

"Sim, voltamos quando elas chegarem", insisti. "Vamos sentar um pouco aqui."

Sentamos os dois ali, e não havia assunto para conversa. Tentei vasculhar o fundo do meu cérebro em busca de algo para dizer, quando Bina falou de repente: "Minhas irmãs pensam que eu me esqueci de Ramen. Mas não me esqueci nem vou me esquecer".

Respondi: "Eu sei. Eu também me sinto mal com tudo isso que elas dizem".

"Mas deixe-me perguntar uma coisa. Por que você não sai da nossa casa? Você não é amigo de Ramen?"

Eu mesmo não consigo descrever, é claro, qual foi a minha expressão naquele momento, mas deve ter sido terrível, pois assim que ela olhou para mim seu semblante também mudou. Falou depressa, em voz baixa: "Por favor, esqueça. Eu não devia ter dito isso".

"Não, você tem razão", falei, e me levantei.

Bina também se levantou de imediato e falou: "Eu nunca digo esse tipo de coisa a ninguém, nem sei por que falei isso para você. Por favor, diga que não vai se lembrar disso".

"Mas você tem razão."

"Não tenho, não. Estou errada. Você vem amanhã, não vem? Diga que sim."

"Tudo bem."

"Você pode me dizer uma coisa? Sabe se Ramen se casou com a tal da Ruth?"

"Não sei."

"Você não se encontra mais com ele?"

"Não o vejo há séculos."

Ela não disse mais nada.

Falei: "Se você quer dizer alguma coisa para ele, posso transmitir".

"Não, não tenho nada para dizer a ele", disse Bina, e suspirou.

A irmã veio ter conosco. Bina levantou e disse: "Vamos para casa".

"Já?", disse a irmã, e olhou para ela e depois para mim. "O que aconteceu, vocês dois andaram brigando?"

Bina riu de uma maneira destinada a provar a total falsidade dessa suposição, mas a risada não era autêntica. Eu não ri nem sorri.

Aquela noite eu me decidi. Basta — aquilo era o final. Se Bina podia dizer bem na minha cara aquilo que disse, só de imaginar o que ela realmente pensava me fazia suar. As palavras "não sai da nossa casa" me corroíam o cérebro como um bando de cupins. Mas não convinha fazer nada de drástico, assim de repente; seria melodramático, os outros notariam, viraria assunto de conversa. Afinal, eu já tinha criado certa intimidade com essas pessoas nos últimos meses. Sem revelar minhas intenções, planejei diminuir aos poucos a frequência das minhas visitas e por fim desaparecer — assim ninguém imaginaria que tinha acontecido algo de significativo. Eu teria paz de espírito, eles ficariam aliviados, Bina não precisaria suportar a companhia de um sujeito tolo e indesejado.

Com esse objetivo eu os visitei no dia seguinte, e encontrei Bina toda bem-vestida, esperando na sala de estar com as palavras: "Ah, aí está você. Tive medo que você não fosse mais voltar".

Percebi que se tratava de aplicar um bálsamo de doçura na ferida da véspera. Forçando-me a um sorriso, falei: "E por que eu não haveria de vir?".

Ela riu sem afetação e disse: "É isso mesmo que eu acho. Mas como *bardi* brigou comigo ontem!"

"Brigou? Por quê?"

"Parece que eu sou muito mal-educada, antissociável, impertinente..."

"Por quê, o que acontece?"

"Eu já reconheci que não devia ter falado aquilo, então por que insistir? Bem, não faz mal. Agora que você chegou, estou aliviada. *Bardi, bardi*!", chamou, sem se levantar. "Abani chegou."

Fazia dias que eu não via Bina em um estado de espírito tão bom — nunca, na verdade, pois quando a conheci ela já estava apaixonada. Agora parecia uma pessoa diferente, como uma criança, e isso era bom.

Depois do banho, a irmã entrou na sala e disse: "Bina, você pode trazer o chá, por favor? Estão preparando alguns salgados, traga também".

Quando ela saiu, a irmã sorriu para mim e disse: "Abani, já combinamos o casamento dela com um funcionário da justiça. A família do rapaz tem pressa, e minha mãe também está ficando ansiosa. Afinal, até quando se pode adiar essas coisas?".

A mim pareceu que para essa gente Bina era um fardo, que ficariam gratos ao se ver livres dela. Não gostei dessa ideia.

"Estamos pensando no mês que vem, no dia vinte e nove..."

"Já no vinte e nove?" As palavras me escaparam da boca.

"Já escrevemos para Gayatri, eles devem voltar logo."

As coisas já tinham avançado um bom pedaço, e eu não sabia de nada. Mas por que deveria saber? Onde eu me encaixava no esquema das coisas, afinal? E seria por isso que Bina parecia tão alegre hoje?

A irmã me perguntou: "O que você acha?".

"Ahn... Só estava pensando..."

"Pensando o quê? É isso que eu quero saber."

"Ela concordou?"

"Quem, Bina? Ora, não podemos ficar esperando que ela concorde. Afinal não vamos ser tão infantis como ela, não é mesmo?"

Então ela não tinha concordado? O casamento era contra a sua vontade? E mesmo assim, tão alegre?

Depois que terminei meu chá a irmã de Bina disse: "Vamos ao lago de novo?".

Minha mente divagava. Voltei à realidade com um sobressalto e disse: "Está falando comigo?".

"Claro. Não precisamos ir de carro, não é tão longe. Vai ser gostoso passear a pé."

Ela conhecia todo mundo no bairro: assim que saímos na rua, ela encontrou uma amiga. Pouco depois notei que Bina e eu tínhamos deixado as duas bem para trás. Naquela época as moças estavam apenas começando a andar livremente naquela parte da cidade. Observando isso, falei: "Essa liberdade para as mulheres é uma coisa muito boa".

Bina disse: "E você acha que a liberdade de andar por aí à vontade já é tudo?".

"Acho que isso vai crescer e vai abranger outras coisas também."

"Não vejo isso acontecendo."

As palavras já estavam na ponta da minha língua havia algum tempo, e aproveitei para dizê-las: "Sua irmã me deu a boa notícia".

"Que boa notícia?"

"Parece que no dia vinte e nove do mês que vem..."

"Você está louco?"

"Quer dizer que não é verdade?"

"Por que você não pergunta a quem lhe contou?"

Não falei mais nada, mas me senti muito mais leve. Se eu tivesse que ouvir de Bina — a mesma Bina que me dissera na véspera que nunca esqueceria Ramen — que ia se casar com um jovem funcionário da justiça por sua livre e espontânea vontade, não teria sido triste? E, contudo, por que a tristeza? Pois essas coisas não acontecem o tempo todo? Claro que sim — todos os dias — e qual é o problema, o que há de errado nisso? E mesmo que se pudesse pôr a culpa nos outros, não se podia acusar Bina — isso estava fora de questão, pois Ramen não aparecia e nem sequer pedia notícias dela. Devia estar mergulhado na Ruth lá dele, aquele malandro! Se eu pudesse, o obrigaria a se casar com Bina — mas por que eu me preocupava tanto, que responsabilidade eu tinha? Pois na véspera eu não havia decidido pôr um ponto-final em tudo isso? De fato, que raios eu fazia naquela casa, por que os visitava todos os dias, por que fui me envolver com aquela peça e com aquelas pessoas? Era hora de ampliar minha clientela, isso sim, e eu não deveria me preocupar com mais nada. De repente me ocorreu que não haveria salvação se eu não saísse de Calcutá. Por que não passar alguns dias em Darjeeling e depois retomar o trabalho com renovada determinação? Sim, boa ideia.

Assim refletindo, ouvi de repente a voz de Bina: "Uma moedinha pelos seus pensamentos".

Respondi logo: "Vou para Darjeeling". Mas as palavras pareciam dissonantes até para os meus ouvidos.

"Por quê?"

"Por nada, férias."

"Quando?"

"No início do mês que vem".

"Quer dizer, falta pouco..."

"É, falta pouco..."

Bina parou de repente e disse: "Vamos esperar, elas ficaram muito para trás".

Aí é que estava a coisa. Já que eu ia partir para Darjeeling dali a uma semana, por que romper a rotina nos dias que se seguiriam? Minhas visitas diárias continuaram, e o passeio ao lago também se tornou um programa constante. A irmã de Bina era a mais entusiasmada, sempre topando com pessoas do bairro e nos deixando para trás a fim de conversar com elas. Bina e eu caminhávamos um pouco, sentávamos um pouco, às vezes conversando, às vezes em silêncio. Acabamos falando sobre muitas coisas naqueles dias à beira do lago e, para nossa surpresa, descobrimos que em geral partilhávamos as mesmas ideias.

No dia primeiro de junho, Bina perguntou: "Quando você vai embora?".

"Para onde?"

"Quer dizer que você não vai mais para Darjeeling?"

Para esconder minha confusão, expliquei, sem necessidade: "Sim, claro que vou, é que no momento estou atendendo um paciente, um caso importante, quer dizer...".

"Então você vai mesmo?"

"Com certeza." Quanto mais eu dizia isso, mais aumentava minha obstinação — sim, eu tinha que ir.

Bina fitou as águas do lago por um momento e de repente disse: "Não, não vá".

"Não? Como assim? O que você está dizendo?" Senti o tremor em minha própria voz.

"Não, não vá", disse ela de novo. "Você não sabe... eles já acertaram tudo para o dia vinte e nove... Mas eu não posso, não posso me casar com aquele funcionário público com aquelas calças..."

Sua descrição me fez sorrir, pois eu sempre me vestia à ocidental; os médicos tinham que se vestir assim. Falei com severidade: "Nem todo mundo fica tão bem de calças como Ramen, mas isso não quer dizer...".

Ela me interrompeu: "Isso não quer dizer que aquele idiota...".

Como se fosse seu guardião, eu disse: "Será correto falar assim de um cavalheiro de respeito?".

"Então por que esse cavalheiro não continua sendo um cavalheiro? Pode escrever o que eu digo, nada disso que eles estão esperando vai acontecer."

"Mas você precisa se casar um dia."

"Por quê?"

"Porque você não é criança — você sabe perfeitamente..."

"Ah, você também pensa assim!" E Bina voltou a fitar o lago. Olhei para os seus olhos, depois para a água. As duas coisas me pareceram semelhantes — negras e brancas, úmidas e brilhantes.

De repente ela se virou para mim e disse: "Não, não posso — você não pode ir —, você tem que me salvar".

"Eu? Como posso te salvar?"

Assim que eu disse isso, já sabia que a pergunta não tinha sentido; Bina já a havia respondido fazia muito tempo!

Ramen foi o primeiro a chegar, ao ouvir a notícia. Deu pulos, me abraçou, me rodou no ar, deu gorjeta aos criados, cinco rupias para cada um, em seguida saiu como um tufão e voltou hora depois, como um tufão. Deu-me um anel de esmeralda e um sari com bordados de prata, dizendo: "Aqui está o seu presente de noivado. Não se esqueça de visitar os Dutta à noite, eles acabaram de voltar".

O sr. Dutta sorriu quando o encontrei. "Que novidades são essas que andei ouvindo?"

"Quer dizer que você encontrou seu *novo ninho*", disse a sra. Dutta.

O sr. Dutta brincou: "Isso mesmo. *Um novo ninho para um novo parzinho* — até combinou!".

"É claro! É um parzinho que combina muito bem."

O casal continuou nessa linha por algum tempo, e eu ria como um tolo, todo vermelho de vergonha e timidez.

Os dias se passaram como um rodamoinho. De um lado vinham os dardos afiados da língua das duas futuras cunhadas — e aqui também o sr. Dutta encontrou uma rima, observando que *"o coração valente é alvo do maldizente"* —, enquanto do outro lado havia toda a questão de encontrar uma nova casa, comprar tudo que é preciso para se estabelecer um lar. Ramen ia comigo a todos os lugares, tomava todas as providências. Eu nunca seria capaz de fazer aquilo tudo sozinho. E então — então o que mais? Ora, o dia vinte e nove de junho. Fui até a nova casa. Ramen já estava lá desde manhã — era o único representante do lado do noivo, e ainda me lembro da alegria brilhando em seu rosto bonito e simpático. De repente me senti também um pouco triste. Foi ele quem despertou Bina — e foi comigo que ela acabou ficando. Seria eu, então, apenas alguém que, por sorte, estava disponível? Se houvesse alguma outra pessoa à mão em vez de mim, será que o resultado teria sido o mesmo? Talvez até aquele funcionário da justiça com suas calças inglesas? Depois que casamos perguntei a Bina sobre isso e ela respondeu, com aquele ar especial que as noivas têm: "Ufa!". Mais tarde acrescentou que tinha vontade de rir quando se lembrava da cena que havia feito por causa da sua louca paixão por Ramen. Vontade de rir? Já? E se ela não tivesse casado comigo, será que depois de alguns meses ela... Mas que ridículo, por que ficar pensando em todas essas alternativas? A vida com Bina acabou se revelando perfeitamente feliz.

O depoimento do médico foi recebido com animação. O empresário, talvez antes um pouco sonolento, ao ouvir a história de *O novo ninho* riu alto várias vezes, e até mesmo nos lábios bem desenhados do burocrata de Delhi surgiu uma fina linha de divertimento. Só o escritor parecia sem vida, silencioso, mãos nos bolsos, cabeça baixa; mas foi o primeiro a falar quando o médico parou.

"Essa foi uma história sobre casamentos arranjados, não uma história de amor."

"Pois muito bem", disse o homem de Delhi. "Então é você que vai nos contar a história de amor."

"Que horas são?"

"Quase três."

"Quase três? Como é longa a noite! E que frio terrível! Nenhuma notícia do nosso trem?"

"Nada."

"Então vamos tentar dormir um pouco. Mesmo nas cadeiras não vai ser tão ruim assim."

O empresário disse, com a voz rouca por ter ficado acordado a noite toda: "Nada feito. Você não vai escapar. Agora é a sua vez".

O escritor levantou-se abruptamente. Tirou as mãos

dos bolsos e começou a esfregá-las, caminhando pela sala em passos rápidos. Depois dessa pequena exibição, sentou-se de novo e disse, mal-humorado: "História de amor? Com esse frio? Bem, que seja".

4. O monólogo do escritor

Nós três nos apaixonamos por ela: Asit, Hitangshu e eu. Foi na velha área de Paltan, em Dhaka, nos idos de 1927. A mesma Dakha, a mesma Paltan, a mesma manhã nublada.

Nós três morávamos no mesmo bairro. A primeira casa da área se chamava Tara Kutir. Ali vivia a família de Hitangshu; seu pai era um juiz assistente aposentado, que ganhara muito dinheiro e construíra uma enorme casa bem no alto da rua principal. Tara Kutir era a casa número um do bairro, em todos os sentidos: a primeira e a melhor. Aos poucos, muitas outras casas foram brotando naqueles terrenos antes infestados de mato e espinhos ocultos, mas nenhuma se igualava a Tara Kutir.

Chegamos alguns anos depois, quando assentavam o telhado da casa de Asit; a família dele chegara em segundo lugar, logo antes de mim. Houve época em que nossas três casas eram as únicas na antiga zona de Paltan; o resto era um terreno irregular, poeira e lama, os sapos de um verde-amarelado mergulhando nas poças d'água formadas pela chuva das monções, que nos chegavam até os tornozelos, e uma relva vigorosa, bem verde. A mesma Dakha, a mesma Paltan, a mesma tarde encoberta.

Nós três sempre ficávamos juntos tanto quanto possível e o máximo de tempo possível. Todos os dias Asit me acordava de manhã cedo, chamando: "Bikash, Bikash", ao lado da janela onde ficava a cabeceira da minha cama, e eu me levantava depressa e ia ter com ele lá fora. Sempre o via esperando em sua bicicleta, com um pé no chão — era tão alto que meus cotovelos doíam quando eu punha a mão em volta de seus ombros. Hitangshu não precisava ser chamado; já estaria nos esperando ao lado do portãozinho do seu jardim, ou sentado na mureta. Asit então saía de bicicleta pela estrada pavimentada até sua escola — a faculdade de engenharia —, enquanto Hitangshu e eu andávamos por ali de mãos dadas. O vento trazia o cheiro de algo, de alguém — ainda consigo sentir esse aroma, me lembrar de alguma coisa, de alguém.

À tarde nós três costumávamos ir à cidade em duas bicicletas, às vezes para comprar costeletas na famosa loja de Ghosh-babu, às vezes para ir ao único cinema da cidade ou até a margem do rio, com saquinhos de amendoim. Nunca aprendi a andar de bicicleta, apesar das tentativas, mas andava muito de carona com eles, às vezes com Asit, às vezes com Hitangshu, em longas viagens, sentado ou em pé atrás deles. Passávamos muitas noites nos campos da velha Paltan, sentados ou deitados no nosso sofá de relva, com as estrelinhas furando o céu, os espinhos furando nossas roupas, o lampião na varanda de Hitangshu furando a escuridão e reluzindo vagamente, a distância. À noite Hitangshu não podia passar muito tempo conosco; tinha que voltar para casa até as oito, segundo as ordens da família. Nem Asit nem eu tínhamos que nos ater a ordens tão severas; ficávamos sentados no escuro, chamávamos Hitangshu em voz baixa ao voltar para casa, e ele interrompia os estudos para trocar algumas palavras conosco às escondidas.

Assim, nós três estávamos apaixonados um pelo outro, como também nos apaixonamos por outra pessoa naqueles idos de 1927.

O nome dela era Antara. Um nome bastante sofisticado para Dhaka naquela época. Mas nada na família dela sugeria Dhaka, e o mesmo acontecia com o nome da filha. O pai era um cavalheiro extremamente ocidentalizado — ou assim achávamos na época —, enquanto a dama se vestia de uma maneira que dava a impressão de ela ser uma jovem quando vista por trás. E quanto à filha, o que posso dizer sobre ela? Ela passeava no jardim de manhã, sentava-se com um livro na varanda depois do almoço; à noite passeava pela rua, quase encostando em nós ao passar, e sua voz também era ouvida às vezes — lá em Dhaka, no remoto ano de 1927, quando não era fácil sequer avistar uma garota rapidamente a distância, quando um pedacinho de sari atrás das portas fechadas de um veículo era um pedacinho do céu —, e aqui estava essa garota, que víamos com um sari diferente a cada dia, e ainda por cima se chamava Antara... enfim, não tínhamos a capacidade de não cair de paixão por ela.

Mas fui eu que descobri seu nome. Todos os dias eu precisava me registrar para comprar pão, e certo dia vi um novo nome no livro de registro do padeiro, em nítida grafia bengali: Antara Dey. Fiquei olhando o livro por algum tempo, talvez tenha demorado um pouco para devolvê-lo, e à noite conferi com Hitangshu: "Como é o nome dela? Antara?".

"Nome de quem?..." Mas Hitangshu compreendeu de imediato e disse: "Pode ser".

Asit disse: "Eles a chamam de Toru".

Toru! Ora, devia haver umas duzentas ou trezentas Torus em Dakha, mas naquele momento eu senti, e percebi que Asit também sentiu, que no nosso idioma não havia palavra mais doce do que Toru. Naturalmente Hitangshu teve que dizer alguma coisa cínica, pois o tema, ou temas, da nossa conversa eram os inquilinos do andar térreo de sua mansão; se ele não soubesse mais coisas sobre a família, não teria uma vantagem sobre nós. Assim, torceu seu longo nariz e disse: "De Antara para Toru — eu não gosto".

"Por que não? Eu gosto muito." E levantei a voz, apesar de meu coração cair lá embaixo.

"Por mim, eu a chamaria de Antara."

Que audácia, que temeridade! Hitangshu lhe teria dirigido a palavra e a chamado pelo nome! Enrubesci com o ardor do protesto, e já imaginava algumas respostas ácidas quando Asit disse: "Eu também". Traidor!

Tínhamos essas briguinhas com muita frequência. Não havia dia em que não falássemos dela e não havia conversa em que os três fossem unânimes. Outro dia ela estava de sari azul; ficava melhor com esse ou com o roxo? Quando ela saiu para passear no jardim naquela manhã, tinha o cabelo preso ou solto? E aquela outra noite, quando se sentou na varanda com papel e lápis, será que estava escrevendo uma carta ou estudando aritmética? Discutíamos sobre coisa assim em voz alta, quase aos gritos. Nossa maior discussão era sobre um tópico estranho: será que o rosto dela se parecia com o de Mona Lisa? Muito, ligeiramente ou nada? Eu tinha acabado de ver uma gravura da Mona Lisa e a mostrado a meus amigos; um dia as palavras me escaparam de repente: "Ela se parece muito com a Mona Lisa". Já tínhamos gasto muita saliva a respeito depois disso, sem chegar a uma conclusão; mas o bom é que começamos a nos referir a ela como Mona Lisa. Por mais melodia que houvesse em Antara, por mais doçura que houvesse em Toru, nós três não podíamos, de modo algum, nos referir a ela pelo mesmo nome que todo mundo usava — chamá-la por outro nome, que só nós conhecíamos, era quase como tomar posse dela.

Muitas vezes dizíamos a Hitangshu: "Você tem que acabar conhecendo, afinal é a mesma casa!". Ele enrubescia com essa sugestão de intimidade e dizia: "Que bobagem!", ou seja, aquilo podia acontecer; e especulávamos muito sobre isso, apesar de que já tínhamos aceitado que nada disso aconteceria, que tudo isso não passava de conversa, conversa fiada.

Certa noite nós três estávamos voltando do rio Ramna, eu empoleirado atrás da bicicleta de Hitangshu. Conversávamos pacificamente naquele trecho de caminho desolado, quando ele de repente parou de falar e balançou na bicicleta. Eu, que já ia ser atirado no chão, ao tentar recuperar o equilíbrio, agarrei-o pelo colarinho da camisa, o que o fez gritar de dor, até que consegui botar os pés no chão. Nesse momento ouvimos uma grave voz de barítono dizendo em inglês: "Cuidado, rapazes! *Take care, young men!*". Vimos então o sr. Dey à nossa frente, com sua esposa e filha. Asit tinha virado a bicicleta em ângulo, um pé no chão, uma expressão heroica no rosto.

"Vocês precisam...", e o sr. Dey se interrompeu quando seu olhar se deteve em Hitangshu: "Ah, é você, o filho de Keshab-babu!".

Hitangshu fitava com expressão estúpida os inquilinos de seu pai.

"E eles? Vejo vocês três sempre juntos. Amigos, certo? Maravilha. Eu gosto da companhia dos jovens — vocês precisam vir nos visitar um dia."

Eles continuaram caminhando. Saímos da estrada e nos deitamos lado a lado, de costas na grama. Pouco depois Asit disse: "Que coisa! Hitangshu ficou nervoso à beça, não?".

"Não, senhor, nada disso, por que eu haveria de ficar nervoso? Foi só que o freio..."

"Nunca aconteceu antes, tinha que acontecer justo agora quando nós demos de cara com eles."

"E daí? Não bati em ninguém, não cai em cima de ninguém, só tentei frear de repente..."

"Não, não, você se saiu bem, só que ficou com uma cara tão engraçada! E quanto a Bikash...."

Dei um rosnado assim que mencionaram meu nome. "Cala a boca. Não tem graça."

"Acho que ela sorriu um pouquinho" — Asit não abandonava o assunto.

"Pouco me importa se ela sorriu ou não", gritou Hitangshu, mas seu grito mais parecia um soluço.

"Você viu, Bikash? Era como o sorriso da Mona Lisa?"

"Não caçoe de coisas que você não entende." Minha voz falhou. Não dormi bem aquela noite, fiquei meio morto mais dois dias e com dor no coração mais sete.

Mesmo assim, deixando de lado nossa humilhação coletiva, Asit, era sem dúvida, o mais esperto dos três. Não parava de dizer: "Por que nós não vamos até lá fazer uma visita?".

"Você ficou maluco?"

"Ora, por quê? O senhor Dey nos convidou, não foi?"

Por fim até mesmo eu e Hitangshu acabamos concordando que o sr. Dey tinha de fato nos pedido para fazer uma visita, praticamente nos convidado; ele ficaria muito satisfeito de nos ver, e não visitá-lo seria uma desconsideração. Ficamos cada vez mais preocupados em preservar o status dele. A cada manhã decidíamos: "É hoje", e a cada tarde dizíamos: "Hoje não". Às vezes nós os víamos no jardim, em cadeiras de vime; às vezes víamos um carro estacionado em frente ao portão e percebíamos que o sr. Das, o único advogado da cidade, viera lhes fazer uma visita; às vezes concluíamos, pela falta de atividades visíveis, que eles não estavam em casa. Uma vez ou outra víamos o sr. Dey sozinho no jardim, lendo o jornal. Esses momentos pareciam oportunos, mas nossos pés paravam de se mexer quando nos aproximávamos do portãozinho do jardim — os pés de Asit nem tanto quanto os de Hitangshu, e os de Hitangshu nem tanto quanto os meus; algumas cotoveladas, alguns cochichos, e acabávamos passando em frente a Tara Kutir e seguindo para a rua principal. Em geral achávamos que nossa visita iria aborrecê-los, e logo começávamos a discutir — mas por que aborrecer, e por que hesitar tanto? Pois, afinal, as pessoas não fazem visitas, gente não visita gente? Não éramos ladrões nem malfeitores, iríamos apenas fazer uma visita — sentar, conversar educadamente e ir embora —, só isso!

Foi num dia encoberto, com uma chuva fina. Parecia haver gente em casa. Asit foi o primeiro a entrar, empurrando o portãozinho: um rapaz alto, bonito, de tez clara. Em seguida ia Hitangshu, sério, de óculos, tipo cavalheiro. Atrás deles seguia eu, o baixinho. Atravessamos o jardim até a varanda da frente, pensando se deveríamos chamar em voz alta, o que deveríamos dizer, e assim por diante, quando o próprio sr. Dey afastou a cortina e veio ter conosco na varanda. Mordendo a haste de seu grosso cachimbo, deu um grunhido: "Sim?".

Até mesmo o vivaz Asit ficou sem fala. "Eu... nós.... nós resolvemos dar uma passada... é que o senhor tinha dito..."

O sr. Dey nos reconheceu na luz fraca: "Ah, são vocês. Bem...".

E Asit repetiu: "O senhor nos disse para fazermos uma visita".

"Ah, sim, sim, claro..." Ele tossiu e continuou: "Entrem, entrem, todos vocês", e, afastando a cortina, deu um passo de lado para nos deixar passar, mas continuamos ali parados.

"Vamos entrando."

Tentando entrar, Hitangshu tropeçou na soleira de sua própria casa e pisou no meu pé. Doeu terrivelmente, mas o que eu podia fazer senão ficar quieto? Sujando o chão lustroso com nossos sapatos enlameados, demos alguns passos à frente. Que sala bem decorada! Nunca tínhamos visto nada assim. À luz de um lampião a querosene, vimos a sra. Dey sentada no sofá, fazendo tricô, e lá para dentro, em uma cadeira encostada na parede, a nossa Mona Lisa, olhos fixos em um enorme livro azul aberto no colo.

O sr. Dey disse: "Sumi, estes são os três mosqueteiros da velha Paltan. Este aqui é o filho de Keshab-babu, e esses são...".

Hitangshu nos apresentou: "Este é Asit e este é... Bikash".

A sra. Dey perguntou, sorrindo: "Vocês três são amigos? Que bom. Nós sempre vemos vocês por aqui. Sentem-se, por favor".

Nós nos jogamos em um longo sofá, um ao lado do outro. A sra. Dey chamou: "Toru".

Mona Lisa levantou a vista.

"Estes são nossos vizinhos — e esta é minha filha."

Mona Lisa deixou o livro e se levantou. Em pé, era como uma arvorezinha nova e esguia balançando fracamente como uma planta sob a brisa leve. Fez um pequeno cumprimento de cabeça e sentou-se de novo, baixando os olhos para o livro.

Achei que eu estivesse sonhando.

Asit era de Calcutá, muito mais esperto que nós, já sabia das coisas; quanto a Hitangshu, também já tinha ido a diferentes lugares com seu pai, pronunciava as palavras claramente e com confiança; além disso sua família era proprietária de Tara Kutir. A pouca conversa que se seguiu veio dos dois; fiquei em silêncio, olhando para o chão, sem me atrever a dizer nada para não trair meu sotaque rústico. O desejo de levantar a vista para olhar de relance para Mona Lisa me roía por dentro, mas eu não conseguia fazer isso, simplesmente não conseguia.

Depois de cobrir tópicos do tipo como era intolerável a vida sem eletricidade e como eram terríveis os mosquitos em Dakha, a sra. Dey perguntou: "Vocês todos estão na faculdade?".

Asit respondeu com orgulho: "Hitangshu ganhou uma bolsa de estudos de quinze rupias por mês pelo resultado dos exames finais".

"Que beleza! Minha filha tem tanto medo da matemática que não quer fazer o exame."

De repente uma voz se fez ouvir lá do canto: "*Baba*,* que idade tinha Keats ao morrer?".

O sr. Dey olhou para nós e disse: "Será que um de vocês sabe?".

Asit logo disse: "Bikash deve saber, ele é poeta".

"É mesmo?" A sra. Dey deu um sorriso infantil e por um momento — senti bem isto — até Mona Lisa lançou um olhar para mim. Comecei a suar nas palmas das mãos. Meus ouvidos zumbiam.

Quanto tempo ficamos por lá? Quinze minutos? Vinte? Não sei, mas quando saímos de lá eu estava mais cansado do que depois de assistir a cinco ou seis aulas na faculdade.

* Papai. (N.T.)

A sra. Dey tinha enfiado um guarda-chuva nas nossas mãos, mas não o abrimos; saímos na chuva fina e desaparecemos na escuridão do campo. De repente Asit disse — ele nunca conseguia ficar quieto: "Que gente maravilhosa!".

Hitangshu logo fez coro: "Realmente, são maravilhosos". Eu não disse nada; não queria saber de conversar.

Um pouco depois Asit disse: "Você tropeçou de novo, Hitangshu".

"Quando?"

"Logo na entrada."

"Nada disso."

"Como assim, nada disso? E, aliás, você cumprimentou a senhora Dey quando nós entramos?"

"Claro que sim."

Hitangshu fez uma pausa e disse: "Mas quando... Mona Lisa levantou para cumprimentar...".

Trocamos olhares no escuro, e mesmo no escuro percebemos que nós três empalidecemos. Uma moça, uma mulher, tinha se levantado para nos cumprimentar, e nós ficamos sentados como se tivéssemos virado pedra — não nos levantamos, não a cumprimentamos, não dissemos nada, não fizemos nada. Eles devem ter achado que somos uns caipiras, rústicos, bárbaros, não civilizados, e até mesmo Asit Mitra, nativo de Calcutá, não nos ajudou a salvar a situação.

Não consigo descrever como ficamos desgostosos.

No dia seguinte nós três voltamos lá para devolver o guarda-chuva. O criado nos levou até a sala de estar... e foi Mona Lisa quem entrou na sala. Desta vez nós nos levantamos de um pulo para cumprimentá-la. Eu dei um sorriso e falei: "O guarda-chuva...". "Ah... sim, então é por isso... Sentem-se, por favor." Bem, era assim que eu tinha imaginado a cena, mas é claro que aconteceu diferente. O criado atendeu, pegou o guarda-chuva e sumiu lá dentro. Não voltou mais, e ninguém da família apareceu. Ficamos ali um pouco e fomos embora em silêncio, cabeça baixa. Nenhum dos três conseguia nem olhar para os outros.

Não, não. Naquela sala belamente decorada, onde cada canto rebrilhava na luz branca e cintilante, onde a jovem mais extraordinária do mundo folheava um grosso livro, não havia lugar para nós. Mas e daí? Mona Lisa era, afinal, Mona Lisa.

A chuva caía com força, manhãs nubladas, tardes encobertas com os trovões roncando, noites úmidas, iluminadas pela lua azul. Depois de quinze dias de chuva quase incessante, no primeiro dia em que o sol saiu, o mesmo fizemos nós — e encontramos o carro do melhor médico da cidade estacionado diante de Tara Kutir.

Perguntei a Hitangshu: "Tem alguém doente na sua família?".

"Não, nada disso!"

Na família deles então? A pergunta foi sentida sem ser articulada. No dia seguinte Hitangshu anunciou, soturno: "Tem alguém doente na família deles".

"Quem?"

"Ela."

"Ela!"

Naquele dia também vimos o carro do famoso médico, e idem no dia seguinte, tanto de manhã como à noite. Será que não poderíamos passar por lá, perguntar o que havia, fazer alguma coisa? Começamos a perambular perto da casa deles, ocultos pelo carro do médico. Este apareceu, acompanhado pelo sr. Dey. Ele não nos viu de início, mas quando viu disse: "Entrem, por favor, a senhora Dey quer falar uma palavra com vocês".

Vimos a sra. Dey no alto dos degraus da varanda da frente. Asit parou, um degrau abaixo dela, e disse: "A senhora nós chamou, *mashima**?" Esses sujeitos de Calcutá usavam esses termos com tanta facilidade... Eu jamais seria capaz disso.

A sra. Dey disse, com a voz estrangulada: "Toru está doente".

"O que há com ela?"

"Tifoide." Pronunciou essa palavra medonha em voz baixa e disse: "É terrível".

Asit disse: "Não se preocupe, vamos cuidar de tudo!".

"Será que vocês poderiam, por favor? É minha única filha." Tinha os olhos cheios de lágrimas.

Mona Lisa, você nunca soube, você nunca saberá como foi boa aquela sensação, como fomos felizes, lá naquela época longínqua, durante as monções de 1927, na velha Paltan, dia após dia, noite após noite, durante a febre, o fervor, em meio à escuridão, à agitação noturna, às sombras que nos davam calafrios. Durante um mês e meio você ficou de cama, durante um mês e meio você foi nossa. Durante um mês e meio aquele ritmo regular da felicidade não parou nem um momento de bater nos nossos corações. Seu pai, Mona Lisa, ia trabalhar, ao voltar dava uma espiada no quarto e desabava na espregui-

* Tia, em bengali. (N. T.)

çadeira; sua mãe não tinha sossego o dia todo, mas não conseguia continuar à noite, adormecia numa caminha de armar no seu quarto; e nós nos revezávamos para velar por você a noite toda, às vezes dois juntos, de vez em quando os três, mas em geral apenas um sozinho. E era eu quem saboreava mais a alegria de ficar acordado ao seu lado, sozinho — Asit corria para lá e para cá o dia todo, Hitangshu também. O lugar mais próximo para comprar gelo ficava a quase dois quilômetros, a farmácia o dobro da distância, o médico a cinco quilômetros — em certos dias Asit ia e voltava dez vezes, ou mais, de bicicleta, com as roupas molhadas de chuva secando no corpo; em outra ocasião Hitangshu saiu à meia-noite e meia para buscar gelo, as lojas todas fechadas, a estação sem vida; quando conseguiu chegar ao depósito de gelo perto do rio, acordar as pessoas de lá e voltar com o gelo, já eram duas da manhã. Eu ficava checando se as pedras no saco de gelo já tinham derretido, enquanto Asit juntava os fragmentos de gelo espalhados pelo banheiro. Como não sei andar de bicicleta, não podia assumir essas incumbências. Eu ficava perto da sua mãe, Mona Lisa, ajudando-a em tudo que precisasse; ministrava um remédio, anotava a temperatura, levava a maleta do médico quando ele entrava e saía. Daí a tarde caía, chegava a noite — um oceano de escuridão lá fora e, naquele oceano, flutuando, eu e você em um barco à meia-luz — Mona Lisa, você nunca saberá nada disso.

O dia todo e a noite toda Mona Lisa ficava na cama, semiconsciente, às vezes delirando — tão baixinho que mal se conseguia ouvir —, mas as poucas palavras que conseguíamos decifrar ficavam guardadas amorosamente nos nossos corações. Qualquer coisa que um de nós ouvia tinha que ser compartilhada com os outros dois; sempre que tínhamos um momento de folga, nessa época tão ocupada, nós três passávamos as palavras um para outro, como três avarentos se regozijando com suas joias num quarto fechado, na calada da noite. Se ela dizia: "Oh", fazia nosso coração se agitar como o som de uma flauta; se ela dizia "Água", fazia todas as águas dos rios transbordarem dentro de nós.

Certa noite Hitangshu tinha ido para casa, Asit dormia em um colchão na varanda, só eu estava acordado. Uma vela ardia sobre a mesa, grandes sombras tremiam nas paredes: parecia que a luz ia abandonando sua luta desigual com a escuridão. Eu também não conseguia lutar contra o sono. Como um pirata, o sono me cortava as mãos e as pernas; meu corpo derretia como cera, e cada vez que eu me chicoteava para não ceder, uma enorme onda de sono se erguia lá das profundezas. E enquanto eu me afogava, pensava, ó Mona Lisa, será que você também está lutando contra a morte dessa maneira, será que a morte está arrastando você para o fundo, como o sono, mas você ainda está aqui — e como! Assim que esse pensamento me vinha, sem ser convidado, o sono me abandonava, eu me sentava ereto, fitava seu rosto naquela luz tênue, Mona Lisa, com as sombras tremendo; aquele momento silencioso de grandeza, às quatro da manhã. Será que você ia morrer? Seu rosto não respondia. Estaria dormindo ou acordada? Não se podia saber. Mas eu continuava olhando, certo de que conseguiria a resposta, ela viria do seu rosto, da sua expressão, da sua voz. Notei então, espantado, seus olhos se abrirem devagar, como que respondendo; daí se dilataram e, depois de rodarem loucamente pelo quarto, pousaram em mim, e sua garganta adquiriu uma voz: "Quem é?".

Apliquei depressa a bolsa de gelo à sua testa.

"Quem é você?"

"Sou eu."

"Quem?"

"Bikash."

"Ah, Bikash. Bikash, agora é dia ou noite?"

"De noite."

"O sol não vai se levantar?"

"Sim, logo mais."

"Certo. Posso dormir agora?"

Pus a mão na sua testa.

"Ah, que bom!"

"Durma", falei.

"Você não vai embora, vai?"

"Não."

Você adormeceu, e lá fora os pássaros começaram a cantar. O sol se levantou.

Era delírio, o delírio da febre, mas um delírio que ficaria para mim, seria só meu. Não contei para os outros dois esse diálogo; talvez eles também tivessem coisas particulares que tinham escondido e eu não sabia, ninguém sabia. Você, Mona Lisa, nunca ficou sabendo, nunca saberá.

Então, finalmente você sarou. Foi uma boa notícia, mas, quanto a nós, perdemos a nossa vocação. No domingo em que sua mãe nos convidou para almoçar, umas duas semanas depois que você fez sua primeira refeição, eu, pelo menos, senti que aquela era a nossa festa de despedida.

E, no entanto, por quê? Agora podíamos visitá-la a qualquer momento, passar um tempinho por lá, tocar discos no gramofone para Mona Lisa, afofar os travesseiros nas suas costas quando ela estava cansada. Enquanto isso, lá no céu as nuvens brancas brincavam com a escuridão, e o azul se espalhava entre elas. Assim que chegou o outono, eles levaram a filha para convalescer em Ranchi; e mesmo então, desde a arrumação das malas até a despedida quando partiram no vapor em Narayanganj, ficamos com eles o tempo todo.

Quando a imagem de Mona Lisa, em pé no convés da primeira classe, com as mãos na amurada, tinha se esvanecido, lembrei que não havíamos anotado o endereço da família Dey em Ranchi. Eu queria escrever uma carta assim que voltamos para casa, e já enviá-la, mas não era possível.

"É ela quem deve escrever primeiro", disse Asit.

"Mas será que ela vai escrever?", perguntou Hitangshu, desanimado.

"Por que não? Qual a dificuldade de escrever uma carta?"

Quem poderia saber qual era a dificuldade? Mas o fato é que vinte dias depois, nada de carta, embora chegasse uma ordem de pagamento para o aluguel, dirigida ao pai de Hitangshu. Decidimos pegar o endereço na ordem de pagamento e lhe escrever; parecia não haver lógica em mostrar nossa indignação não escrevendo, só porque ela não havia escrito. Quem sabe ela continuava fraca, ainda não tinha se recuperado bem — era correto perguntarmos por sua saúde. Mas como iríamos nos dirigir a ela? Que forma de tratamento usar, o formal "senhorita" ou o familiar "você"? Ela, naturalmente, nos chamava de "você", e assim também nós; mas quantas palavras tínhamos trocado, na realidade? Decerto não tantas que nos autorizassem a usar o mesmo tratamento informal por escrito, reluzindo na tinta? Além disso, o que escreveríamos? Como vai você, tudo bem? Era só o que tínhamos a dizer. Muito poderia ser escrito se fôssemos falar sobre nós mesmos, o que andávamos fazendo, mas será que Mona Lisa estava ansiosa para saber de nós?

Quando prolongadas discussões não levaram a solução alguma, por fim os dois me mandaram redigir a nossa carta. Fui escolhido porque eu escrevia poemas.

Transpirando junto ao lampião, naquela noite preparei um rascunho. Usando uma forma de tratamento formal que evitava escrever o nome da pessoa, eu dizia que esperávamos uma carta, mas não tínhamos recebido nada. Vinte e um dias haviam se passado em expectativa. Ranchi era linda, não era? Seria bom se assim fosse; isso nos deixaria felizes, claro. Como o andar térreo de Tara Kutir estava fechado, agora a velha Paltan ficava no escuro. Sabe como é, antes havia sempre um lampião aceso na entrada da casa todas as noites. Mas nada disso tinha importância; estávamos tentando imaginar como era Ranchi. Colinas, florestas, estradas de cascalho vermelho, gente de pele morena, risadas, saúde. Que doença terrível — tomara que jamais voltasse. Mas mesmo sem ninguém doente, será que não se podia arranjar alguma maneira de nos botar para trabalhar? Sinceramente, nós não aguentávamos aquela vida de indolência, os dias se arrastavam. Se chegasse uma carta, pelo menos teríamos que escrever em resposta, haveria algo para fazer. Nossas saudações aos seus pais.

Não podia escrever mais nada sem me enredar no problema do "você". E mesmo esse pequeno esforço tinha feito me demorar até as três da manhã. Uma olhada para o papel mostrava esse punhado de palavras, em meio a todas que tinham sido riscadas, reluzindo como o sol em meio a uma floresta escura. Li nossa missiva várias vezes; achei que estava muito boa, e no momento seguinte pensei, que horror, rasgue isso. Rasguei; mas antes de rasgar copiei em uma bela folha de papel limpinha, e no dia seguinte firmamos com nossas respectivas assinaturas e pusemos a carta no correio, acompanhada de uma oração.

De Dhaka para Ranchi, de Ranchi para Dhaka. Quatro ou cinco dias... Certo, seis. Mas não, nada de carta. Nevoeiro à noite, um pouquinho frio. E nada de carta. As flores do verão cederam lugar às flores de inverno; e carta, nada.

Chegou por fim uma carta, ou melhor, não uma carta mas apenas um mesquinho cartão-postal, dirigido a Hitangshu e escrito pela sra. Dey. Ela transmitia saudações por ocasião do festival de Bijoya aos caros Hitangshu, Asit e Bikash, e a novidade era que seus dias em Ranchi já iam chegando ao fim, e logo iriam voltar; e se Hitangshu pudesse destrancar a casa, varrer e limpar, seria uma grande ajuda. As chaves tinham ficado com o pai dele. E por fim, escrevia ela, Toru estava praticamente recuperada, e às vezes falava em nós.

Às vezes falava em nós. E a nossa carta? Nem o mais minucioso escrutínio daquele cartão-postal revelava qualquer indício de que nossa carta tivesse chegado. O que tinha acontecido com ela? Mas onde havia tempo para pensar nisso? Tínhamos que pôr mãos à obra imediatamente. Dentro de um dia transformamos o andar térreo de Tara Kutir, coberto de poeira, em um tal estado de limpeza que podíamos ver nossa imagem refletida no assoalho. Outro cartão-postal dias depois: "Voltamos domingo, venham à estação". Só até a estação? Não, lá fomos nós até Narayanganj para recebê-los.

Ah, como Mona Lisa estava linda quando apareceu em um sari verde-claro de borda vermelha, um brilho no rosto corado. Um pouquinho menos magra, talvez um pouco mais alta também. Para que não ficasse óbvio que agora estava mais alta que eu, fiquei a distância, enquanto Hitangshu corria para buscar limonada e gelo e Asit apressava os carregadores para colocarem no trem as enormes malas e bagagens.

A sra. Dey disse: "Por que vocês não vêm conosco no nosso compartimento?".

"Não, não, imagine... Vamos no outro..."

"Venham, venham", disse o sr. Dey, e pagou ao cobrador as passagens extras.

De Narayanganj até Dhaka. Parecia que o momento mais feliz das nossas vidas tinha estado só à espera de se realizar, todos aqueles dias, nesses quarenta e cinco minutos. Ignorando as almofadas da primeira classe, sentamos em cima das bagagens; a vantagem é que dali podíamos ver a todos. Mona Lisa estava feliz, sua mãe estava feliz, seu pai estava feliz, e como nós os víamos felizes, nós três também ficamos repletos de felicidade. Tudo que tinha sido inibido e suprimido em nós se libertou por fim, tudo que tínhamos desejado e ansiado se realizou — fizemos tamanha algazarra na viagem que o enorme trem parecia impelido pela força da nossa felicidade. Mona Lisa começou a chamar a cada um de nós pelo nome, falando e contando — tantas coisas para dizer, tantas histórias. Quando o trem já ia entrando na estação de Delhi, ela estava descrevendo uma cachoeira quando a interrompi: "Você recebeu a nossa carta?".

"Nossa ou sua?"

Fiquei um pouco vermelho e disse: "Mas você não respondeu?".

"E o que você acha que fiquei fazendo agora, esse tempo todo? E tem mais, quando chegarmos em casa vou contar tudo para vocês."

Mona Lisa não mentira. As portas do céu tinham se aberto para nós de repente. Nós três nos tornamos nós quatro.

Um dia a mãe dela nos chamou e disse: "Vocês fizeram tanto pela Toru naquela época, e agora precisam ajudar de novo. Ela vai se casar no dia vinte cinco".

Vinte e cinco! Dali a apenas dez dias!

Corremos para vê-la; exclamei: "Mona Lisa, que novidade é essa?".

Ela franziu um pouco a testa e perguntou: "O quê? O que foi que você disse?".

Fiquei perdido um momento por ter traído, sem querer, o nome secreto que lhe dávamos, mas por que me preocupar, agora que já tinha saído? Com a coragem dos desesperados, olhei para os olhos dela, bem dentro dos olhos dela — coisa que antes eu nunca tinha feito. Seus olhos eram de um castanho meio lilás, as pupilas como duas gotas de diamante. Olhei de novo e disse: "Mona Lisa".

"Mona Lisa! Mas quem é essa?"

"Mona Lisa é o seu nome", falou Asit. "Você não sabia?"

"O quê!"

E Hitangshu: "Nós não conseguimos pensar em você com nenhum outro nome".

"Que divertido!" O riso tocou seu rosto e o encheu de cor; depois desapareceu por um instante e uma sombra baixou sobre ele, como uma nuvem de tristeza passando por seu semblante. Olhou para nós um pouco, erguendo as pálpebras, e depois as deixou cair.

"Que história é essa que ouvimos? Que novidade é essa, Mona Lisa?" Nossas palavras continham bolhas de graça e diversão.

"O que é que vocês andaram ouvindo?", perguntou, e, dando uma gargalhada, escondeu o rosto no sari e desapareceu dentro de casa.

O noivo chegou de Calcutá dois dias antes do casamento. De tez clara, vestindo um *dhoti* e uma *kurta** de tecido fino, ele transformava o coração da gente em um pássaro em voo com sua sutil fragrância, quando nos

* Túnica tradicional indiana, solta e sem colarinho. (N. T.)

aproximávamos dele. Ficamos encantados. Hitangshu não parava de dizer: "Como é bonitão esse Hiren-babu".

Asit acrescentou: "Aquele *dhoti* com aquela bordadura!".

"E os pés dele!", disse Hitangshu. "Se ele não tivesse os pés tão bonitos, o *dhoti* não ficaria bem nele."

Falei: "Mas ele é um pouco bonito demais, chega a ser ridículo".

"O quê! Ridículo!", exclamou Asit, querendo gritar, mas não saiu grito algum, pois ele já estava rouco de tanto gritar com todo mundo antes do casamento. Rosnando como um gato bravo, falou: "Ora, já viram uma coisa dessas?".

"Mas ele não se compara com Mona Lisa." Eu não desistia.

"Como é possível duas pessoas serem tão parecidas? Eles foram feitos um para o outro. Lindo!", disse Asit, pulando na sua bicicleta e desaparecendo como um raio. A responsabilidade inteira pelo casamento era dele — assim ele decidira —, então não havia tempo para discutir.

No dia do casamento acordei ouvindo a melodia sinuosa do *shehnai* ainda antes do nascer do sol. Assim que acordei, me lembrei daquela outra noite, uma outra véspera, quando salvei Mona Lisa — ou assim me pareceu na época — das garras da morte. A felicidade que tinha me arrebatado naquela noite, enquanto eu via raiar a luz do dia, essa mesma felicidade me voltou ao peito, me arrepiando a pele. O som do *shehnai* me trouxe lágrimas aos olhos. Não consegui permanecer na cama; saí e fiquei parado sob o céu estrelado, ouvindo o *shehnai* e o som pungente dos instrumentos de conchas soprado lá da casa deles. Cheguei mais perto de onde ela estava; ah, se eu pudesse vê-la nesse momento, antes da aurora, quando o céu ainda mostrava meia-noite, mas o ar já dizia claramente "manhã" — nesse extraordinário momento celestial, ah, se eu pudesse vê-la uma só vez. Mas não tive essa sorte; a cerimônia do *haldi** já ia se realizando; ela estava rodeada de tantas jovens desconhecidas, havia tanta coisa para fazer, tanta coisa que exigia belas roupas, e eu não podia roubar nem sequer um olhar em meio a isso tudo. Fiquei do lado de fora ouvindo os sons e a atividade lá dentro; e, acima de tudo isso, sentia cair sobre mim a chuva das melodias do *shehnai*. A última estrela piscou pela última vez e cessou de existir diante dos meus olhos, as árvores ficaram visíveis, assim como toda a esfera terrestre. Mais uma vez surgia a aurora no planeta.

Naquele dia Asit ficou tão rouco que sua voz se reduziu ao sussurro de uma noiva recém-casada; andava tão atarefado que mal me reconhecia. Hitangshu também estava muito atarefado — e também um pouco pomposo, pois o noivo e seus acompanhantes tinham ocupado dois quartos em sua mansão, e Hitangshu gastava a sola das sandálias levando e trazendo mensagens entre o andar térreo e o primeiro andar. O dia todo tentei ajudar Asit ou Hitangshu, mas vi que não estava sendo útil. Por fim, quando chegou a hora de erguer a plataforma onde se sentava a noiva e carregá-la em círculo sete vezes em

* Limpeza ritual dos noivos com açafrão, feita na véspera do casamento. (N. T.)

volta do noivo, conforme o costume, dei um passo à frente, mas senti os cotovelos de Asit e Hitangshu me empurrando para trás. Ela passou os braços em torno dos dois e deu suas sete voltas; e eu nada mais pude fazer senão ficar ali parado olhando.

A partir do dia seguinte, nós três nos tornamos escravos de Hiren-babu. Ninguém era tão bonito, ninguém tão culto, ninguém tinha tanto senso de humor. Os outros homens pareciam macacos comparados a ele, e até eu, seu único crítico, não achava mais que ele tinha cara de bobo. Na verdade, comecei a imitá-lo, tentando sentar, levantar, caminhar, sorrir, falar como ele. Os outros dois faziam o mesmo, o que me dava vontade de rir; talvez cada um de nós risse dos esforços dos outros dois, embora nenhum de nós dissesse uma palavra a respeito.

Certa tarde estávamos ouvindo Hiren-babu contar uma história engraçada, quando ele olhou em volta e disse: "Vocês poderiam descobrir onde está Toru?".

"Posso ir buscá-la?", falei, e saí correndo.

Mona Lisa penteava o cabelo na varanda sul, de costas para o sol. Parei perto dela e me esqueci de falar; de repente ela me pareceu uma pessoa nova, diferente, vestida com um sari novo, estralando de tão bem passado e engomado, a marca escarlate na testa, joias faiscando nas orelhas, no pescoço e nas mãos, e uma estranha fragrância que emanava dela — não era o perfume de Hiren-babu, nem o cheiro de mobília fresca, recendendo levemente a álcool, nem sequer de óleo para o cabelo ou pó de arroz. Não, parecia que a própria alma de todos esses aromas tinha possuído o corpo de Mona Lisa. Inspirei esse aroma profundamente, minha cabeça girava.

Ela levantou a vista, olhou para mim e perguntou: "O que foi?".

"Nada...", e então me lembrei do meu recado. "Hiren-babu está chamando você."

Ela não demonstrou ter ouvido, e continuou penteando o cabelo serenamente.

"Não me ouviu? Hiren-babu está chamando."

"E daí? Acha que eu tenho que dar um pulo assim que ele chama?"

"O quê...?"

Fazendo uma pausa com o pente, olhou para mim e disse: "Não é por muito tempo. Logo mais eu vou embora".

Falei: "Você vai gostar de Calcutá. Dakha não é lugar para se viver".

"Será que vocês vão se lembrar de mim, Bikash?"

Eu me agitava, tentando apressá-la: "Não vamos mais conversar. Venha, venha".

"Não está vendo que estou penteando o cabelo? Diga a ele que agora não posso ir."

Fiquei muito espantado, mas Mona Lisa se levantou logo depois, e eu fui atrás.

Perguntei: "E o que aconteceu então, Hiren-babu?".

Mas Hiren-babu tinha perdido o entusiasmo pela história que estava contando. Olhou pela janela fixamente, enquanto Mona Lisa, sentada em uma cadeira, beliscava a toalha de mesa, sem propósito algum.

Eu lhe pedi: "Por favor, conte o resto!".

"Agora não."

Sentei na cama. Comecei a folhear um livro em inglês e observei: "Este eu já li. É muito interessante".

Hiren-babu levantou-se de repente e disse: "Este aqui também é muito interessante. Por que você não leva para ler em casa? Agora vou tirar uma soneca, certo?".

Não falei nada e saí devagar; senti às minhas costas a porta se fechando. Não voltei para casa. Fui sentar-me exatamente onde ela tinha se sentado, na varanda. O pente com o perfume de seu cabelo continuava ali; peguei-o e passei os dedos pelos seus dentes, muitas e muitas vezes.

Mais um dia, mais um dia. Chegou o dia da partida, mas ela foi adiada; mais um dia, mais um dia. Por fim os dois partiram.

Desta vez chegou uma carta, uma carta para nós três, em um grosso envelope azul, desta vez dirigida a mim. Escrevi a resposta em nome de todos nós, me alonguei um pouquinho e escrevi um poema também, que acabei não mandando. As cartas se acabaram logo, de ambos os lados; e eu não escrevia mais nada além de poesia.

Sabíamos das notícias por meio da sra. Dey. Eles estavam bem, muito bem. Hiren-babu comprara um carro e o casal fizera uma viagem a Asansol. O cinema falado chegara a Calcutá, os tomates estavam muito caros, mas o inverno tinha recuado de repente, e a esperança era de que não houvesse mais doenças. Assim que o tempo esquentasse um pouco, iriam a Darjeeling.

Comecei a visualizar mentalmente imagens de Darjeeling, lugar que eu não conhecia, mas a sra. Dey apagou-as todas certo dia, dizendo: "Eles estão vindo".

Vindo! Para cá! Para Dhaka! Por quê, o que aconteceu em Darjeeling?

Respondendo à nossa pergunta não formulada, a sra. Dey disse: "Ela não está bem, vai ficar comigo agora".

"Doente outra vez?" Nós três levamos um susto.

"Não exatamente, ela só não está muito bem, só isso", e a sra. Dey deu um sorriso apagado.

Nós três nos sentimos muito mal. Muito mal mesmo, ao ouvi-la dizer isso e ao ver aquele sorriso. Não está bem, mas não está doente — afinal o que estava acontecendo? E, contudo, a sra. Dey, serena e complacente, parecia até satisfeita com a notícia. Sentimos muita raiva, realmente.

Nós três aparecemos por lá uma hora depois da chegada deles. Mona Lisa, no sofá, bem reclinada para trás, tinha uma cigarreira metálica na mão. Olhamos um para outro — será que o comportamento de Hiren-babu a induzira a fumar?

Ela deu um sorriso fraco ao nos ver, sem dizer nada.

Tentamos dar um tom leve a nossa reunião: "Como vai você, Mona Lisa?".

Levando a cigarreira junto ao rosto, tocou-a com a boca e fechou a tampa, dizendo: "Bem...".

"Você não está bem?"

Sem responder, ela perguntou: "Quais são as novas?", e começou a falar sobre isso e aquilo, a todo momento levando a cigarreira à boca.

Hiren-babu entrou e perguntou, ansioso: "Toru, como você está se sentindo agora?".

Levantando os olhos cansados, ela respondeu: "Bem".

"Por que você não deita um pouco?"

"Não, estou bem assim."

"Olá, rapazes, vocês estão aqui? Toru está com...", e parou abruptamente.

"O que há com ela?"

"Nada, mas..."

Mas o quê? Será que ela tinha pego alguma doença horrível, que não podia ser mencionada para mais ninguém? E ela parecia tão mudada, nem dava mais aquela risada aberta e franca. Nossas mães sempre nos disseram que as moças ficam mais saudáveis depois de casar, mas o que tinha acontecido com a nossa Mona Lisa?

A sra. Dey lhe trouxe um pratinho e pediu: "Prove um pouquinho, sim?".

"O que é isso, mamãe?"

"Experimente, você vai ver." Tirou um pedacinho com o dedo e enfiou na boca da filha.

"Não, não, não quero mais." Rugas de sofrimento lhe marcavam a testa; levou a mão à garganta e abaixou o rosto.

Depois que saímos caminhamos um pouco sem falar, um tanto deprimidos. Asit quebrou o silêncio. "Ela estava cuspindo naquela cigarreira."

Fiquei chocado: "O quê?".

"É verdade! Eu vi!"

Procurei uma explicação. "Deve fazer parte da doença dela."

"Ela não está doente", disse Asit com solenidade. "Ela vai ter bebê."

Hitangshu deu uma risadinha. "Do que você está rindo?", perguntei, zangado. "Do que você está rindo, hein?"

Asit disse: "É por isso que a mãe lhe trouxe aquela

mistura de manga verde. As mulheres gostam de coisas azedas quando estão nesse estado".

"Você sabe tudo, não é?", rugi, raivoso.

Asit olhou para mim, divertido: "Ei, o que há com você?".

"Me deixe em paz. Odeio tudo isso. Vou para casa."

Abandonei os dois e fui para casa, sentando-me para escrever poemas à luz do crepúsculo, solitário.

Dois dias depois, Hiren-babu foi embora de novo. Seu trem partia à tarde. A bagagem foi colocada na charrete. Quando já ia subindo, Hiren-babu parou. Perguntei logo: "Esqueceu alguma coisa, quer que eu vá buscar?".

"Não, eu mesmo vou."

Entrou na casa com passos rápidos, saiu de novo e subiu no veículo sem olhar à esquerda nem à direita. O cocheiro estalou o chicote. Asit perguntou: "Quando você volta?".

"Eu volto. Cuidem dela", disse Hiren-babu, e partiu. Meu coração deu um grito.

Como era silenciosa aquela tarde, que pitoresca a beleza, lá nos idos de março de 1928, na velha Paltan. A charrete ficou cada vez menor e desapareceu na curva da estrada. Entramos. Mona Lisa chorava no travesseiro, o corpo sacudido por soluços.

"Mona Lisa!"

"Hiren-babu vai voltar..."

"Da próxima vez não vamos deixá-lo ir embora."

"Escute, escute o que estamos dizendo!"

"Não chore, não chore mais, Mona Lisa!"

Mas as lágrimas não paravam. Eu me ajoelhei no

chão ao lado dela, coloquei a mão na sua cabeça e falei: "Shhh, calma, calma, Mona Lisa". Ao dizer isso, minha voz se partiu, eu tinha lágrimas nos olhos.

Depois de alguns minutos Mona Lisa me afastou: "Ei, por que você está chorando? Seu bobo!". E agarrando meu cabelo, me sacudiu dizendo: "Você é homem, não tem vergonha de chorar? Pare imediatamente".

Levantei o rosto. No momento em que nossos olhos se encontraram, alguma coisa estremeceu no meu peito, e tremores menores continuaram o dia todo; eu não conseguia esquecer, nem dormindo.

Nós três a rodeamos. Para que ela pudesse ficar bem, se sentir feliz, nunca se aborrecer. Se de repente ela sentia o desejo de comer algo fora do comum, Asit vasculhava a cidade para trazer. O fato de ela perder o desejo de comer a iguaria assim que a via pela frente já era bem conhecido; mas vivíamos na esperança dos seus novos desejos. E se porventura ela comia alguma coisa e gostava, ficávamos nadando em felicidade.

Hiren-babu voltou depois de três meses. A essa altura a saúde de Toru estava muito melhor; ela já comia, saía de casa, comprava roupas novas dos vendedores ambulantes, parecia mais cheinha. Desta vez Hiren-babu ficou dez dias em casa, e voltou outra vez nos feriados de Durga Puja.

Mas nessa época o estado de saúde dela já ia se deteriorando outra vez. O médico a visitava com frequência, receitava remédios, mas, pelo que percebíamos, nada funcionava. Não sabíamos por que ela sofria, não compreendíamos o que havia, mas víamos muito bem os efeitos — as olheiras negras, o fôlego que acabava depois de uma ou duas sentenças, o rosto que às vezes ficava azul. Nós três sempre por perto, abanando-a quando ela se deitava, tentando diverti-la quando parecia estar bem; mas não conseguíamos nada.

Certo dia eu disse: "Babar tomou para si a doença de Humayun. Como seria bom se a gente pudesse fazer algo assim!"

Asit caiu na gargalhada: "Ora, você pode fazer muitas coisas, mas não pode tomar para si a doença dela".

Fiquei vermelho e disse: "A doença não, mas o sofrimento sim".

Hitangshu disse: "É verdade, como ela está sofrendo. Passa a noite inteira andando de lá para cá, não consegue dormir. E até para deitar ela sente dor".

Asit disse: "É inevitável. Vocês não viram a cara dela?".

Protestei: "Como assim? Ela está linda, muito linda!".

"Por mais linda que esteja, nestes últimos dias..."

Levantei a voz: "Justamente agora é que ela tem estado mais linda!".

Meu tom de voz cortante os pegou de surpresa; os dois não disseram mais nada.

Quanto mais os dias passavam, mais bela ela me parecia; via seu corpo possuído de uma beleza incrível. Certo dia não consegui me conter e lhe disse isso. No ano anterior, quando ela voltou de Ranchi, o paraíso inteiro coube em um pequeno compartimento de trem. E agora, em um dia de inverno semelhante àquele, inundado de sol, bem agora, ela disse de repente: "Bikash, vejo você me olhando muito nesses últimos dias".

"É que você está muito bonita esses dias, é por isso."

"E antes eu não era bonita?"

"Agora mais ainda."

Mona Lisa franziu a testa e olhou pela janela. Disse então: "Vocês gostam mesmo de mim, não é? Mas, por favor, não me olhe assim, fico constrangida... Ah, como faz sol lá fora!".

Levantei-me e fechei a janela.

"Vou cochilar um pouco, está bem?"

Havia um lençol dobrado perto de seus pés; eu o desdobrei e o estendi sobre ela, dizendo: "Você tem passado bem esses dias, não é verdade?".

"Sim, claro."

Em seu rosto eu vi a esperança misturada com a coragem, o medo com a esperança, a paciência com o medo. Puxei o lençol para deixar seus pés descobertos e perguntei:

"Por que Hiren-babu foi embora?"

"Pois ele não tem o trabalho dele?"

"Quando ele vai voltar?"

"Na hora certa."

"Mas por que ele teve que ir embora? Eu gostaria muito que ele não tivesse ido."

"Basta de tudo isso", disse ela, virando de lado. Fechando os olhos, falou: "Vou dormir", e imediatamente adormeceu. Pobrezinha, não conseguia dormir à noite; como devia estar cansada. Fiz uma oração, não sei para quem: Ah, que tudo lhe corra bem, que ela sare, que fique boa.

Deitado naquela noite, pensei. Quem sabe ela está sofrendo a esta hora, com dores, andando pelo quarto, lá fora a escuridão, a raposa uivando, e sete ou oito horas de noite fechada ainda pela frente. Por que eu não podia fazer nada, por que eu não podia ir até lá agora mesmo, fazê-la dormir por algum milagre? Ver o sofrimento e não conseguir fazer nada — seria esse o destino do homem? Será que estávamos, mesmo, de pés e mãos amarrados, sem nenhum recurso? Esses pensamentos expulsaram o sono e me deram versos de poesia. Assim que levantei vi a luz da lua nova lá fora; Tara Kutir assomava indistintamente, como um sonho, como uma lembrança. Não fiquei contemplando muito tempo; acendi o lampião e sentei em meio à fumaça do querosene e às picadas de mosquito para escrever poesia.

Todos os dias se passavam dessa maneira; à noite o sono me abandonava. Ficava acordado com ela; eu era o seu guarda-costas, eu a protegeria de qualquer sofrimento. Pensando dessa forma, me imaginei como uma espécie de deus, me admirando com os notáveis versos de poesia que assim me vinham à mente.

Em uma dessas noites — eram quase duas da manhã —, enquanto eu escrevia, minha mão começou a tremer de repente. Ouvi alguém me chamando lá fora: "Bikash, Bikaaaa... sh!". Esperei um pouco e ouvi de novo o mesmo chamado, em voz baixa. Ao abrir a porta, encontrei os dois parados ali fora como sombras.

A lua ainda não tinha nascido, e naquela noite provavelmente não surgiu; já estávamos quase na lua nova. O céu cintilava de estrelas, e nós três parados em meio à poeira de estrelas, naquela noite de inverno, no campo, os corações batendo.

"Então, o que há de novo?"

"Parece que já começou", disse Hitangshu.

"Começou?"

"Ouvi umas conversas e uns gemidos lá embaixo. Primeiro achei que era um sonho, mas não consegui mais ficar na cama. Daí fui chamar Asit e viemos para cá — você estava acordado?"

Não respondi. À luz das estrelas o rosto de Hitangshu parecia pálido, e Asit tinha o olhar perdido na distância. Nós também tínhamos passado por uma transformação durante esse período, nossas risadas e brincadeiras eram poucas e raras, quase não conversávamos mais, e quanto àquela pessoa sobre quem já tínhamos dito mil e uma coisas, guardávamos completo silêncio sobre ela. Estávamos ofegantes, ofegantes de expectativa.

Nem percebemos que estávamos tremendo, não sabíamos que estávamos caminhando, não compreendíamos quando abrimos o portãozinho do jardim e ali ficamos sob a luz das estrelas. Não fizemos barulho algum, mas o sr. Dey apareceu com uma lanterna quase de imediato, como se estivesse nos esperando, e disse em voz baixa: "Asit, você poderia ir buscar o doutor Mukherjee? Peça para ele vir com você".

Asit desapareceu como uma sombra. Hitangshu sentou-se nos degraus. Soluços contínuos e abafados perfuravam nossas costas, nos penetravam o peito; parecia não haver no mundo nenhum outro som, apenas o som do sofrimento, como se alguém tivesse ferido a própria alma da terra. E esses soluços se levantavam do próprio seio da terra, portanto nunca mais cessariam.

Não podíamos pôr os olhos nela, nem sequer a distância; não podíamos ir ao seu quarto, nem mesmo chegar perto; só podíamos ficar sentados ali do lado de fora, no frio, no escuro, nem dormindo nem acordados, diante do céu, face a face com o destino.

O vaivém do médico começou, continuou a noite toda e entrou pelo dia afora. Assim que amanheceu, mandamos um telegrama expresso, com taxa extra, para Hiren-babu, e pensamos: Por mais rápido que o telegrama chegue, e mesmo que o coração de Hiren-babu voe para cá ainda mais depressa, ele nunca, jamais, conseguiria chegar aqui antes do dia seguinte à tarde — como é desvalido o ser humano, como é impotente! Médicos, enfermeiras, parteiras; remédios, injeções, orações — e ainda desvalido, o ser humano continua desvalido. O que estava acontecendo tinha acontecido, ia acontecer — ninguém trazia a resposta nos olhos, o rosto do médico era como uma pedra, os pais dela não tinham palavras exceto breves instruções, a mãe não conseguia nem nos olhar nos olhos — e quem haveria de dizer que durante esse tempo todo havia um velhinho encarquilhado escondido sob a aparência imaculada do sr. Dey? E quem haveria de saber que tantas lágrimas se ocultavam nas dobras azuis do céu? E será que não tínhamos mais nada a fazer além de ouvir essas lágrimas?

A tarde chegou antes do meio-dia, a escuridão chegou antes da tarde. E então, quando a noite parecia um pouco mais pesada, de repente um grito se ergueu das entranhas da terra; levantou-se, caiu, ergueu-se de novo para o céu; o céu continuou em silêncio, as estrelas não se mexiam. De novo, como o grito do carneiro no sacrifício diante da divindade, mas não duas vezes, nem quatro vezes, nem dez vezes, e sim infinitamente.

Saímos correndo lá para fora, mas por mais que corrêssemos o som nos perseguia — era o grito da mãe terra, onde se esconder dele?

Voltamos. Lá dentro havia luzes, ondas de atividade, a voz do médico nos intervalos; e lá fora infinitas estrelas, a infinita escuridão, a noite maravilhosa, esplêndida. Mas o choro da terra não cessava.

A estrela que estava bem acima de nós foi caindo para o poente; a estrela que estava oculta se ergueu acima do horizonte; a escuridão no nascente empalideceu. Várias estrelinhas se apagaram, deixando em seu lugar uma única grande estrela, de uma luz esverdeada. Esse era o momento celestial, o instante mágico, aquele momento em que acordei e saí lá fora no dia do casamento dela, o momento em que a salvei da morte, no único bote iluminado naquele oceano de escuridão. Durante pelo menos um momento naquela noite ela fora minha; será que esse momento havia chegado outra vez?

Asit sussurrou: "E aí, acabou?".

E Hitangshu: "Não".

"Mas não parece que está tudo quieto?"

"Parece, sim."

"Vamos dar uma olhada?" Asit se levantou, mas eu não me mexi. Esperamos um longo tempo, mas não havia som algum, tudo estava em silêncio; vimos então o sr. Dey parado à nossa frente. Na primeira luz da aurora, ainda cinzenta, vimos seus lábios se mexerem. Estávamos tão imóveis observando, e tudo em volta tão quieto, que tivemos a sensação de enxergar suas palavras, e não ouvi-las.

"Venham vê-la."

Asit e Hitangshu trataram de tudo, das pilhas de buquês de flores vindas de algum lugar, assim como de muitas outras pequenas coisas, numa agitação em torno dela até as duas da tarde. Quando chegou a hora de levá-la embora, os dois estavam à frente. Muitos outros se adiantaram para levar seu corpo até a pira — só eu fui deixado de fora, por ser baixinho. Fui caminhando sozinho atrás deles. Não exatamente sozinho, pois Hiren-babu tinha chegado e foi andando ao meu lado, descalço e sem ter trocado a roupa de viagem.

No ano seguinte Hiren-babu se casou de novo. O sr. Dey foi transferido. Por algum tempo se falou sobre eles; depois vieram outros inquilinos morar no andar térreo de Tara Kutir, muitas outras casas se ergueram na velha Paltan, as luzes elétricas se acenderam. Asit se formou na faculdade e foi trabalhar em Tinsukia, depois de seis meses contraiu uma doença em Assam e morreu de repente. Hitangshu passou no exame de bacharelado em ciências e foi estudar na Alemanha, para nunca mais voltar. Casou-se com uma moça de lá e ali se fixou, e quem sabe por onde ele anda, e o que é feito dele, agora depois da guerra?

Quanto a mim, continuo aqui, não em Dakha, não na velha Paltan, não em 1927 ou 28; tudo isso agora me parece um sonho, um sonho entremeado com trabalho, um aroma entremeado com a realidade. Aquela manhã nublada, aquela tarde encoberta, aquela chuva, aquela noite — e você! Ó Mona Lisa, quem mais, se não eu, se lembra de você!

* * *

As palavras finais do escritor flutuaram por algum tempo no ar abafado da sala, com ele sentado em silêncio diante daquela última pergunta não respondida. Não havia mais nele nenhum sinal de inquietação; estava sentado bem ereto, as mãos no colo, olhando direto para a frente — em qual direção, para o quê, ele mesmo não sabia. Durante todo esse tempo ele viera praticamente falando sozinho, pensando alto. Parecia ter se esquecido de onde estava, e se havia mais alguém por perto. E mesmo depois de se calar, parecia que as palavras não tinham terminado; ele continuava escutando sua própria voz, sem cessar; por fim, como acontece quando se joga uma pedra em uma poça d'água, as reverberações das palavras morreram também.

Fitou então ao redor, viu a sala de espera da estação de Tundla naquela luz um tanto anormal, as cinzas no cinzeiro, as pontas de cigarro flutuando nas xícaras de café — e viu também seus três companheiros de viagem.

Os três dormiam. O empreiteiro em sua espreguiçadeira tinha se enrolado em um cobertor, por cima do casacão; seus roncos rítmicos pareciam o soar de um velho relógio de parede. O médico dormia com a cabeça em cima da mesa, apoiada no braço, mas o burocrata de Delhi dormia bem sentado, a cabeça meio inclinada de lado; mesmo no sono, seu ar grave não fora alterado. O ar da sala era espesso, pesado com a respiração dos três homens que dormiam e com toda a fumaça de cigarro acumulada durante a noite. O escritor, embora também fumasse muito, não gostava daquele cheiro acre e repugnante. Foi para fora devagar, tremendo no vento frígido e cortante. Como que lhe dando as boas-vindas, um galo cantou bem alto, bem perto — o arauto do dia, a promessa da luz, a aurora!

Uma onda de alegria tomou conta do escritor, uma alegria que ele não sentia havia décadas. Mais uma vez aquele momento de grandeza, quando ainda era noite no céu mas já se pressentia a aurora no ar — esse momento prodigioso, quando não se sabia em que instante exato a deusa da aurora despontaria no limiar do planeta, afastando suavemente, com um toque tão leve, o enorme peso dessa noite negra, salpicada de estrelas. Inspirando o ar transparente como cristal, o escritor pensou que este amanhecer era exatamente como aqueles momentos que ele experimentara uma ou duas vezes na velha Paltan, nos idos de 1927. Que estranho — o mundo não se expande, tudo continua como é, apenas nós definhamos e caímos.

Começou a andar de lá para cá na plataforma. Havia um grupo de passageiros na sala de espera da segunda classe; outros cochilavam nos banquinhos da loja de chá, mas muita gente simplesmente ficara na plataforma com suas bagagens. Que terrível noite deviam ter passado. E aquele jovem casal, lembrou-se de repente o escritor, os que se detiveram à porta da sala de espera apenas um momento e se foram, os que haviam iniciado aquilo tudo, aqueles dois sobre quem os quatro homens de meia-idade tinham passado a noite inteira falando — sim, tudo fora acerca deles, os atores e as situações podiam ter mudado em cada caso, mas as emoções que sentiram eram todas iguais, não é mesmo? Por onde andava o casalzinho?

Caminhando de lá para cá, seu olhar deu com eles por acaso. Na plataforma, perto das balanças, eles tinham encontrado um cantinho atrás de uma pilha de caixotes. Era um bom lugar — atrás da parede formada pelos caixotes podiam escapar tanto das garras do frio como do olhar inquisidor das pessoas. Seus olhos de escritor se demoraram alguns momentos nessa cena. Até mesmo naquela estação tão pública, eles tinham descoberto um lugar isolado, íntimo, e, depois de fazerem uma caminha, dormiam bem aconchegados, os dois embaixo do mesmo cobertor. Nem o luxo de um palácio lhes teria trazido maior felicidade nesta noite. A luz era mortiça, não se podia ver seus rostos, mas era possível perceber que mesmo no sono eles não tinham se esquecido da existência um do outro; mesmo no sono, os dois se completavam com a proximidade um do outro.

O escritor se afastou devagar. Aos poucos o sol se levantou, as pessoas começaram a se movimentar, em breve veio a notícia de que o trem chegaria a qualquer momento. Toda a estação despertou para a vida.

O empreiteiro, o médico e o homem de Delhi surgiram um a um na plataforma, com a bagagem atrás, trazida pelos carregadores. Pareciam empoeirados naquela primeira luz da manhã, um pouco mais velhos devido à falta de sono e à barba por fazer. Os quatro se encontraram, mas não trocaram mais palavras; disseram apenas: "Ah, você por aqui", e se afastaram. Quatro homens que haviam passado a noite juntos em uma estranha intimidade, dentro de quatro paredes, e que de dia mal conseguiram reconhecer um ao outro no burburinho da plataforma. Quando o trem chegou, os quatro entraram, talvez propositalmente, em compartimentos diferentes, como se quisessem apagar a noite anterior. Apenas o escritor continuou olhando pela janela, na esperança de avistar mais uma vez o casalzinho; mas ninguém sabia em qual compartimento tinham entrado — ou será que haviam ficado para trás, lá em Tundla? Não se podia mais vê-los no meio da multidão.

ESTA OBRA FOI COMPOSTA POR 2 ESTÚDIO GRÁFICO
EM MERIDIEN E IMPRESSA PELA GEOGRÁFICA EM OFSETE
SOBRE PAPEL PÓLEN BOLD DA SUZANO PAPEL E CELULOSE
PARA A EDITORA SCHWARCZ EM JANEIRO DE 2011